/ 优阅吧，只为打造优质阅读！ /

All you've got to do is decide to go and the hardest part is over. So go!

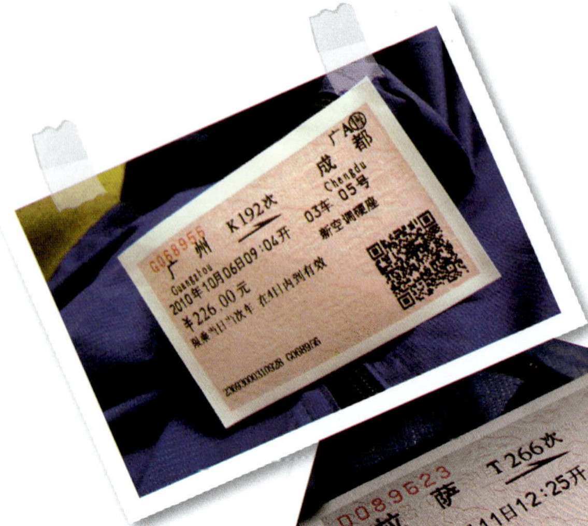

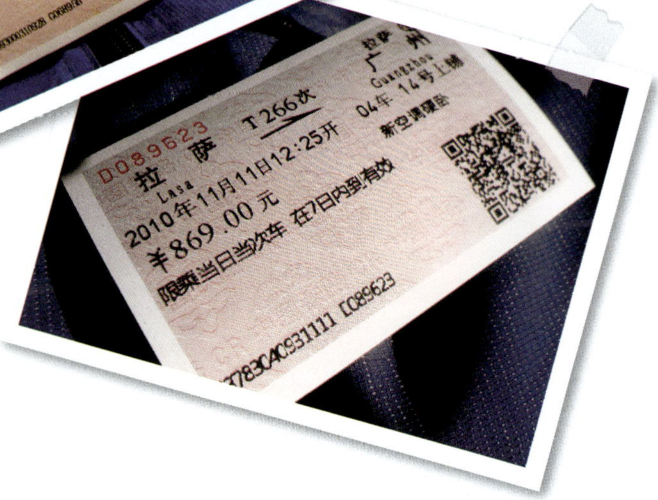

世界是一本书，不旅行的人只能看到其中的一页

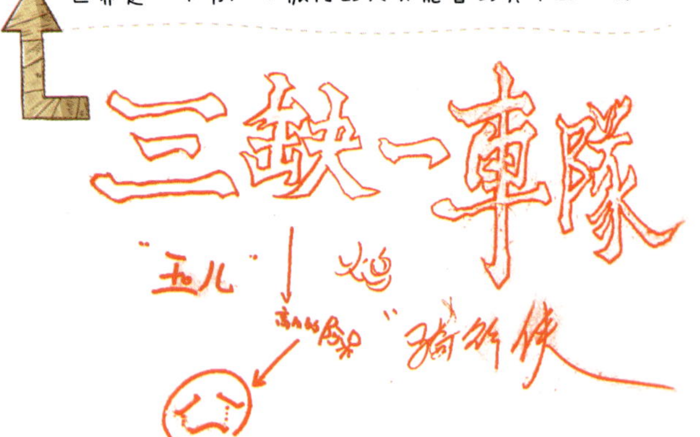

并非我们的生活平淡乏味，而是我们并不足够勇敢

所谓勇敢，就是你有实现你梦想的行动

比如，收拾行囊，上路

去你梦想去的地方

没有什么是放不下的，只在于我们想不想放下

90后骑行侠单车去西藏

90s

最大的梦，就是完成所有的梦……

世界上最快乐的事，莫过于为梦想而行动

如果，连心门都不能踏出，那，还谈什么以后？

如果，连自己都不能征服，那，还谈什么他人？

后轮爱上前轮，却知道永远不能和她在一起

于是他吻遍了她滚过的每一寸土地

90后骑行侠单车去西藏
90s
318
3888

我一直坚信着，每一个人，都有属于自己的梦想，都有属于自己的世界

即使，那是小小的梦想。即使，那是封闭的世界

我一直坚信着，每一个人，只要行动就会有收获，只要坚持就会有结果。

即使，那是贫瘠的收获。即使，那是无花的结果

女
每人1元
男

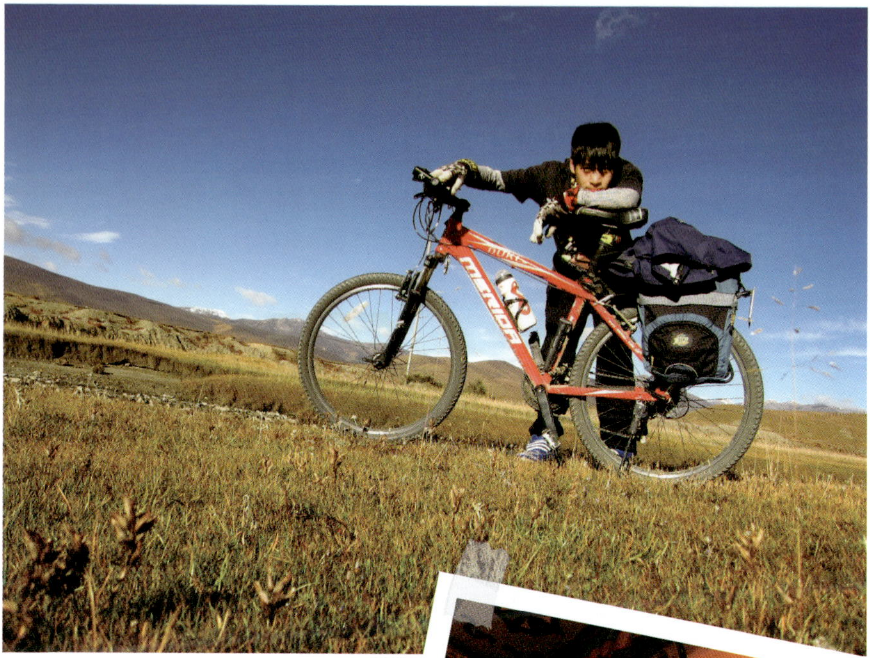

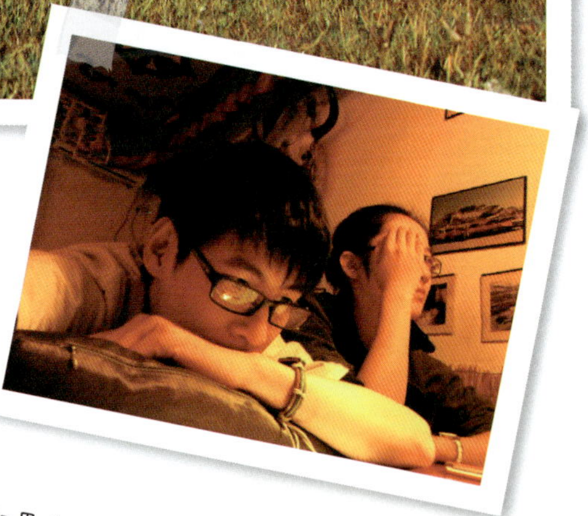

如果有一天我失踪了，只有两种可能——
我在路上，或者，死在路上……

三缺一車隊

"五儿"

"骑行侠"

来吧，趁着青春年少，让我们一起跟着风、白云、梦想上路……

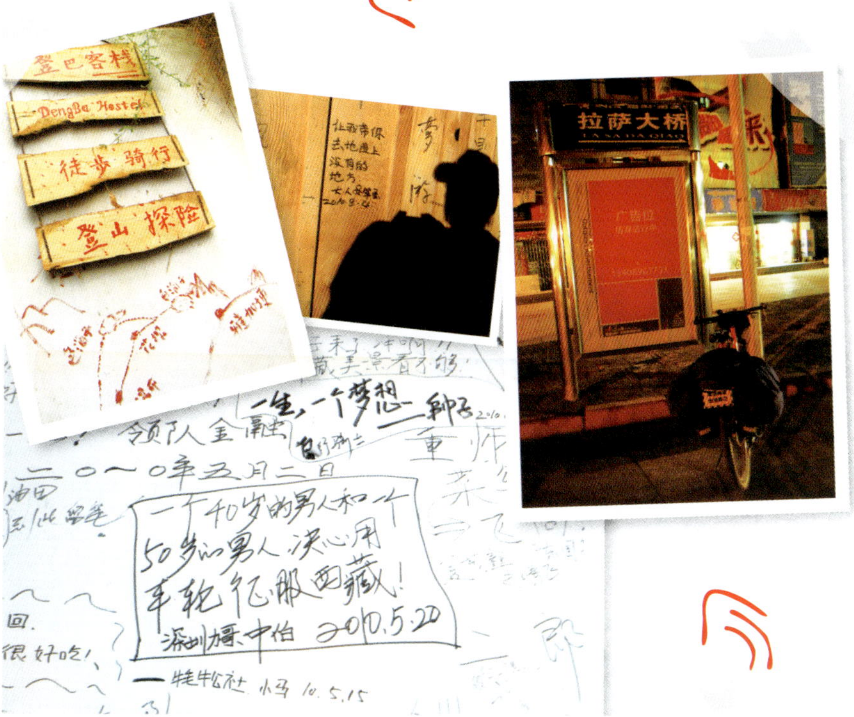
登巴客栈
DengBa Hostel
徒步 骑行
登山 探险
拉萨大桥

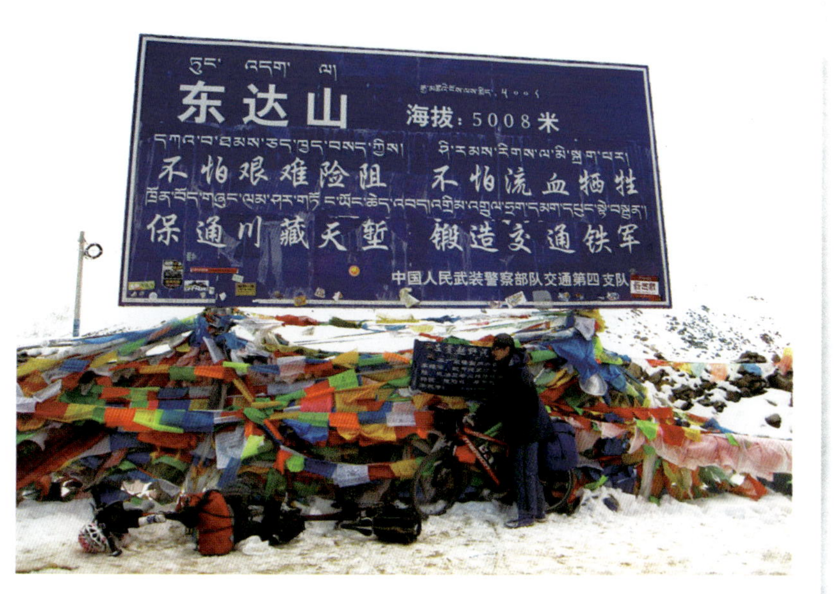

东达山
海拔：5008米
不怕艰难险阻 不怕流血牺牲
保通川藏天堑 锻造交通铁军
中国人民武装警察部队交通第四支队

在川藏——

你会看到连绵不绝的雪山

你会看到清澈见底的湖水

你会看到壮观无比的冰川

你会看到原始淳朴的文化

你会看到宗教信仰的力量

你会看到大自然间的力量

你会看到……

2011年7月，我将环华

我渴望走得更远，走得更长

一直在路上……

90、骑行侠：

梦开始的地方，
不叫远方……

漠河
抚远
哈尔滨
乌鲁木齐
喀什
敦煌
青海湖
兰州
银川
呼和浩特
沈阳
北京
大连
青岛
上海
拉萨
珠穆朗玛峰
丽江
台北
厦门
广州
西双版纳
北海
盐洲岛
香港
三亚
出发点

拉萨
丽江
珠穆朗玛峰

厦门
广州
北海
盐洲岛
香港

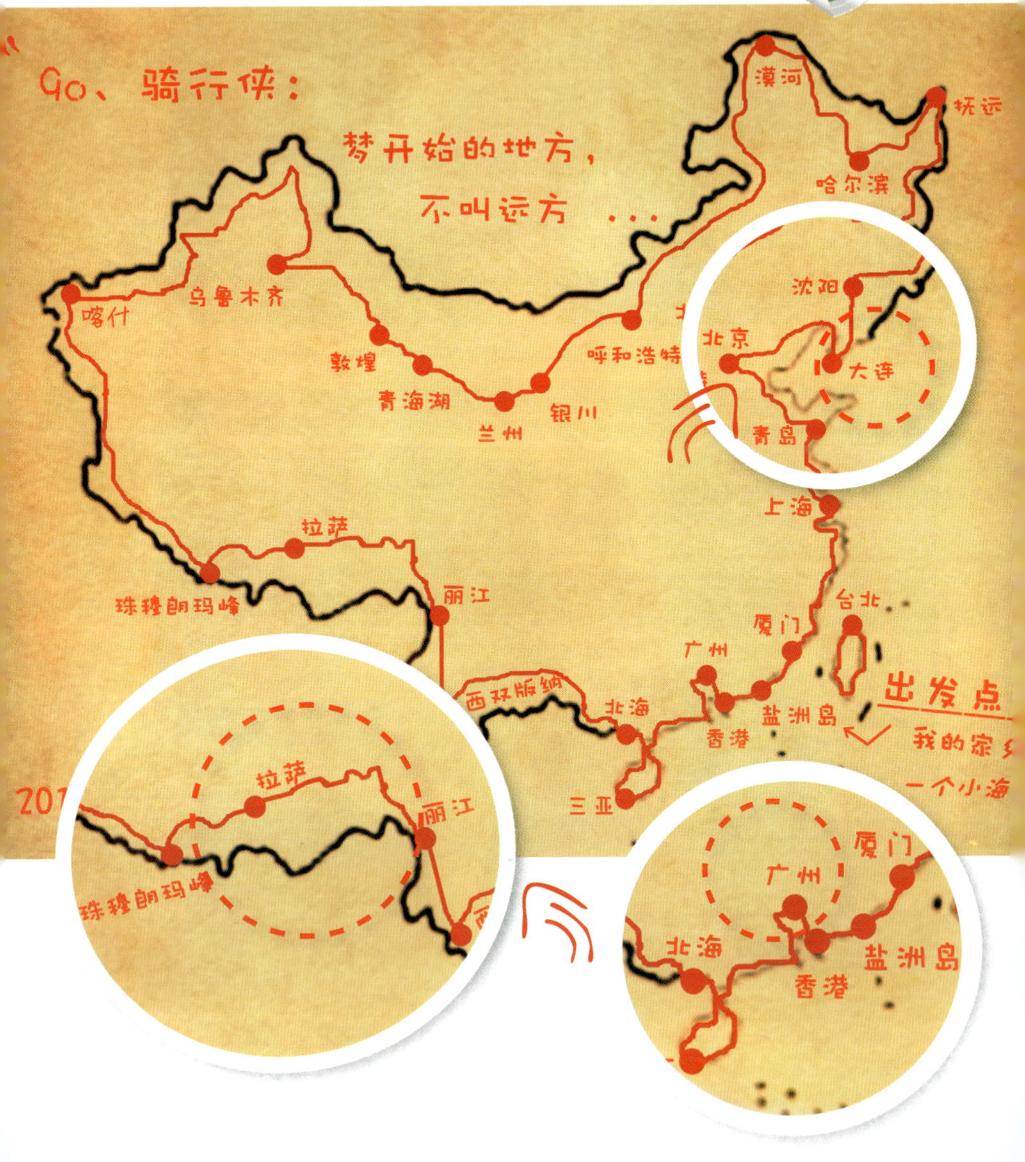

他们，真挚荐读本书——

刘　畅　《三十岁的成人礼：搭车去柏林》作者、纪录片导演

这是一个视野最宽广的时代，同时又是世俗价值最狭窄的时代，90后上路，让心灵跟上双眼。

小　鹏　《背包十年》作者

90后的小伙子都出来混江湖了，后生可畏，加油！我在前面等着你！

刘　航　《行者》栏目创办人

单车骑西藏并不难，难的是他一身轻松，没有任何包袱，这是90后骑行侠给我最深的感受。

谢谢和菜菜　资深环球驴友

走在环球旅行路上的80后，已经厌恶了经常被人问：“你是日本人吗？”现在90后也已经上路，期待能在路上看到越来越多他们的身影。

姚　远　著名背包达人

脑残的是这个时代，而不是这个群体，90后也上路，世界更宽广。

绿野网　希望看到更多90后像“骑行侠”一样背包上路去！

前言

出发 CHUFA

1

“喂，我打算踩单车去西藏。”

“你还没睡醒？”

“喂，我打算踩单车去西藏。”

“在做白日梦吧？”

“喂，我打算踩单车去西藏！”

“脑袋被驴踢了？”

“喂，我打算……”

“你疯了！”

“别傻了！”

“神经病！”

“@#&*%！”

“西藏在哪儿？”

2

广州。

当他把要去西藏的打算分别告诉朋友们的时候，电话里传来几乎一模一样的声音。出乎意料，这些平时号称理想主义者的所谓游侠、江湖好汉竟然都反对他去西藏。

电话里传来的声音，如细针般一点点地刺入心口，疼痛感从心口清晰地缓缓扩散。放下电话，他笑了笑，自嘲道："谁能给你信心？只有自己！"

3

晚上。

"什么！你要去西藏？不行！不行！绝对不行！"一个中年男人在晚餐的木桌上，朝坐在对面的他吼道。中年男人显然有些猝不及防，他没有想到坐在对面的这个年轻人居然提出这样一个荒唐而遥远的出行计划。男孩是属于在城市里长大的年轻一代，从小到大都没有离开过家人的视线范围，即使在校住宿也得每周给家人打电话报告情况。没有离开过家，没有出过省，甚至连火车都没搭过的他，竟然要去4000多公里外的西藏。西藏，中年男人一时没有反应过来，对他来说，那是一个过于遥远的乌托邦，只属于冒险家、旅行者或者杂志上那些古怪的诗人。中年男人很奇怪，在他架设起来的物质生活体系和节奏中长大的人，如何会有这般大胆而令人惊奇的想法。

“不用那么紧张，我跟两个同学搭火车去。旅游三个星期左右就回来了。”他语气缓和地安抚父亲。

“不行！我不会让你去的！”男人的态度很坚决。

“我一定要去。我已经长大了，想出去看看外面的世界。我讨厌这钢筋水泥构筑的城市，无论如何，此程，我必须去！”他眼神坚定，清秀的脸庞带着一丝执拗，斩钉截铁地说道。这态度也向父亲表明，他打算去西藏并不是一时的冲动。

4

他从小就是如此固执。记得他在初一暑假时，就逃出这个城市里青春期的小孩们固定的娱乐、物质生活，自己在镇上的工厂找了份杂工。

从早上7点半忙到中午12点，从下午2点忙到6点半，从晚上8点忙到夜里12点多，一天足足工作14个小时。母亲心疼日渐消瘦的他，从一开始相劝到后来相吵，但他都不曾放弃，而当坚持37天拿到那少得可怜的570元人民币时，他竟然笑得合不拢口。

当年他13岁。从那年开始，每逢寒暑假他都会去打工，无论别人怎么劝他都没用。他在广州的朋友说到这些事情的时候，都是一副惊掉了下巴的样子。

5

男人沉默了一会儿，看他的神情并不像是三分钟热度。也许他是真的长大了，想去外面见识一下了。不过，对于西藏这个地方，他还是有点回不过神来：西藏，这是一个在生活节奏、内容、文化方面和广州完全不同的地方。他猜不透面前的这个年轻人怎么会突然有如此特殊的想法。

“答应我的条件，我就允许你去，还会帮你争取公司年假，并帮你出一半费用。”中年男人见他铁了心要去，也没辙了。这是商场的惯性，当对对方无可奈何时，唯有先退一步以求更大利益。

“天下没有免费的午餐，先说说看。”从出生到现在，父亲就未曾给他买过一件廉价的玩具，甚至一只廉价的气球，更别说永远都那么奢侈的“零用钱”。

“第一，你要跟旅游团去；第二，你……”

“不可能！”他的脑海里浮现出那些喧闹得可怕的旅行团，人群拥挤在一起向拉萨的布达拉宫进发的场景。

他打断了父亲的话，狠狠地喊道。

“砰！”巨大的手掌用力拍在木桌上，发出震耳欲聋的声响。

“你！你！你！”中年男人怒拍木桌的同时，霍然站起，怒指朝他咆哮，胸口随着粗喘一阵剧烈起伏。

空气中弥漫着硝烟的味道，战争仿佛随即就会爆发。

“我不可能跟着那走马观花如赶集般的旅游团。我人生第一次旅行，不能遗憾而归。我的旅程我做主。公司不批假我可以辞职，无须您操心，费用方面我压根儿没有想过要向您拿钱，从初中开始我就未曾向您拿过钱！”

他终于爆发了，面对父亲三番五次的阻挠，他终于生气了，为什么？我用自己的假期，用自己的储蓄来进行人生中第一次旅行都不行吗？难道我只能日复一日枯燥地工作，年复一年平静地生活？

中年男人一愣，脸色一阵青一阵红。半晌，转身而去。

“砰！”门被狠狠关上。

6

但是他已经决定了，出发——西藏。

10月6日，第一次远行
广州——成都（2012公里）
K192次

90后骑行侠
90S
单车去西藏

终于到期待已久的出发日期了。在经过一段兴奋而繁忙的准备之后，我即将前往远行西藏的前哨——四川。

这次出行与我以前所有的城市旅行经历或者青春期里任何一次浪漫式的短暂流浪都截然不同。在出发之前，我一个人在广州城里，仔细地为这次远途作预算，购买必需的装备。在这里，我必须提醒大家：如果你希望以一次漫长的旅途作为你青春期的成人仪式，那么请不要贸然上路，独自去西藏不是一次简单的跟团旅行，你需要作好应对各种困难的必要的物质、心理准备。

当你独自上路，你就是自己的英雄，在路上，你只能依靠自己。这是在出发之前，我对自己作出的承诺。

一个人独自上路旅行，有很多原因。有的人是为了自由，有的人是为了逃避，有的人是为了疗伤。如果你查看冒险家、探险家们的履历，你会发现，他们大多想要的是一场心灵的洗礼，而非单纯的物质利益。而我只是单纯地想要经历一次神奇而又惊险的旅行。

每一个背包客，每一个在路上的人，心里都有着不清晰的答案。这或许就是远途的神秘和令人兴奋的地方。你拥有一个无法揭秘的心事，一个秘密，你只有在漫长的路途中，站在大风中歌唱，才能体验到那种淋漓尽致的激情。

因为有了这种激情，你的心才能一直保持年轻。现在我即将上路。在母亲的反复叮嘱下，我离开了家门。身穿一件特价的断码宝蓝色冲锋衣，脚穿一双已穿几年的残旧的宝蓝色足球鞋，手提崭新的宝蓝色大驴包，我拦下计程车奔向广州火车站。

这次远途开始并不顺利，第一次搭火车难免束手束脚，我向值班保安询问了好几遍才找到检票口，然后候车，好不容易登上广州——成都的K192次列车。

默默告别广州：一个月后再见。

此刻我没有一丝的依依不舍，没有一点儿离别的悲伤，也没有丝毫对未知的惊恐，心里只有狂热的兴奋与激动，我已经开始憧憬往后的流浪生涯。

终于第一次出省了！终于第一次坐上火车了！

当火车缓缓开出广州城后，一切仿佛是不同的世界。灰蒙蒙的天空已消失而换来晴朗的蓝天，火车窗外的景色如同画中一般：绿野中缓缓流淌的小溪，

一排排连绵不绝围山而建的梯田，面积庞大碧波粼粼的大水库，在门前悠然抽着竹筒烟的大叔。这个世界仿佛一切都变得美好起来，我狠狠地深呼吸起来。火车内空气有点儿混浊，不过这并不影响我的心情。这列火车就像最早在互联网、画册以及博物馆、课本上我所看到的那些火车一样庞大，它们象征着工业时代的机器力量，以及部分天生带有激情的旅行家。这些旅行家大多是年轻人，有着不会疲劳的精神基因。而在更早的时候，80年代的诗人们，则喜欢从青海格尔木一带乘坐汽车进藏。火车终于从我少年时代图画本上的蜡笔画变成了现在真实而庞大的动力机器。现在，这列火车也将把我送到西藏的前哨——四川。

没有人会忘记第一次远行，尤其是单身旅行。如一个没有见过世面的孩子般，我在火车上好奇地四处张望，每一处都是那么新鲜，每一处都是如此陌生。

我虽第一次出行，但懂得该省的还是要省的，所以只买了硬座。不过很快我发现了硬座的好处，因为你可以和一大群人聊天，听别人讲很多稀奇的故事。

除了最初几个小时的好奇，每一个新旅客都要面对漫长旅途所带来的孤独和煎熬。于是我拿了副纸牌，对着坐在对面的两位四川口音的哥们儿扬了扬："斗地主？"

对面的哥们儿眼睛一亮，瞬间就来劲儿了，显然，扑克牌会让你交上好运。我们从大白天玩到天黑，从晚饭后又玩到午夜，直到精疲力竭了才罢休。夜里我半睡半醒地趴在桌上，痛苦地熬了27.5个小时，终于到成都了。

出成都火车站后，望着站口马路旁络绎不绝朝我挥手，喊我上车的计程车司机们，我也友善地向他们挥挥手，表示不坐。在我的经验中，第一次出门或者经验不足的人最好不要从这里乘车，林子大了啥鸟儿都有。他们会带你逛花园不说，等你付钱时才说没零钱，其实你递过去的那张大钞已经被换了，那时你朝谁哭去？曾经有一哥们儿更强大，坐上一计程车，被换了一张100元、一张50元、一张20元，一共三张假币。

虽然第一次出远门，但这些基本常识我早已记住：第一，车站旁的车坚决不坐，宁愿走到大马路前面拦车；第二，计程车上无证件坚决不搭。

但是成都火车站广场和路口都较大，人群密集，第一次出门的我

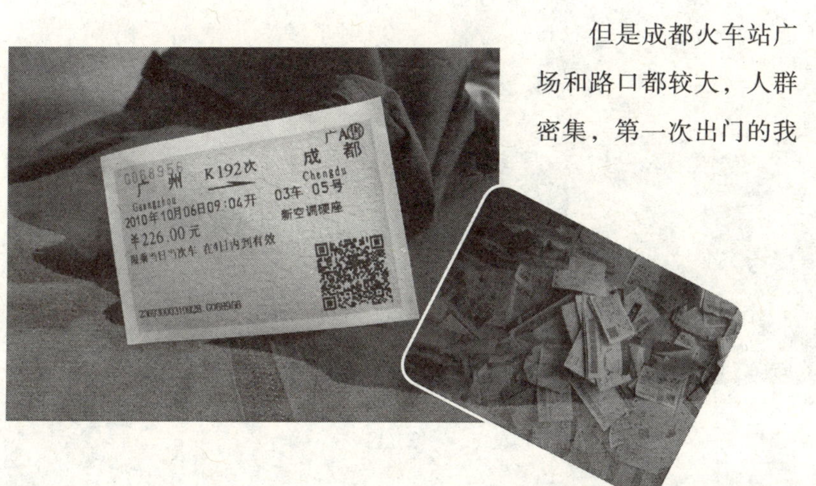

有点慌神。在晃悠了好一阵儿之后，我还是拦下了一辆摩托车，假装很熟悉成都，面朝大马路问道："星辉西路，驴友记，多少钱？"

姜还是老的辣，司机瞟了下我这副行头，暗想：水鱼来了。于是他绽出那最灿烂的笑容答道："十块！"

"我@#%&的!计程车起步才六块！"

经过再三砍价后，我用四块拿下了。司机启动摩托车，带着我穿街过巷，终于到达了在广州时我就已经订好的驴友记青年旅舍。

我就喜欢这种青年旅舍，在这里可以认识很多资深老驴，可以好好榨干他们的旅行经验与故事。如果你是背包客，你会为自己选择了这里而欢呼。就像在华尔街的咖啡馆或者剑桥校园里喝下午茶的小书店你可以遇到很多圈子里的牛人一样，在这里，你可以分享到老驴的资深攻略和不外传的宝典。

到了驴友记之后，第一时间我先洗个热水澡并补了一觉，因为在火车上折腾了27个小时……这27个小时足够让我这个入门驴友感到骄傲和疲倦。

晚上。

在旅舍大厅吧台前喝酒到凌晨，与旅舍的两个店员聊了很长时间。男的是四川成都本地人，竟然会说粤语，虽然不是很纯正，看来他闯荡过不少地方，这让我小小地惊讶了下。一杯啤酒下肚，他告诉我他是听着粤语歌曲自学的。女店员也是成都人，说第二天带我尝尝成都特色小吃串串香。大家都很健谈。

三个人交谈着各种趣事，时间流逝。吧台即将打烊，我也准备回房间睡觉了。男店员送我到房门，又在房间门前聊了五分钟，仍不舍离开。我们聊得火热，就在我开始庆幸这次选择驴友记是来对了地方，进行最后告别，即将进入房间的那一刻，男店员轻声朝我说了句："亲我一下。"我顿时像四格漫画里的人物一样，头顶冒出了三条黑线，嘴角强扯起笑容道："神经病，别玩了，好了，睡觉了，晚安。"

我迅速关上房门，心跳骤然怦怦加速，无比感叹地喃喃道："第一次在现实中遇到这种情况，虽然我不歧视同性恋者，但我的性取向完全正常。我只喜欢女生、女孩、女人。"

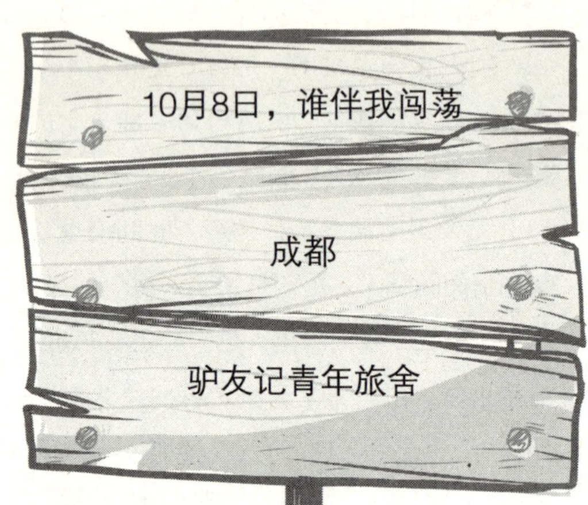

90后骑行侠
90S
单车去西藏

DHW，是我这次骑行川藏线去西藏的伙伴。DHW属于那种扔到人群里也很难被人注意到的一类人，他貌不惊人，比较沉闷，多半时间都是笑而不语。他在网上和我成为组队车友，比我早一天到驴友记。

在蜀汉路的美利达专卖店，我们两人分别挑了自己的单车，试骑满意后付款，并要求店长赠送了些骑行装备。望着以后要陪伴我穿行川藏几千里的露天伙伴——如绚丽彩虹般的单车，红红艳艳，我给它取名“红颜”。从现在开始，“红颜”就是我这次远途的伴侣。

在购置基本装备之后，我和DHW两人骑车逛了逛文殊院，几条街都是仿古特色建筑。由于阴天光线不足，拍了些不满意的照片，我带着郁闷的心情，就回去了。这种郁闷，除了由于光线昏暗，还有对西藏之行过高的兴奋和稍微的不安带来的。相信我，初次出行，没有人可以完全做到像雕塑一般淡定自若，你总会为即将开始的征途兴奋不已。

夜。

听到有人缓步踏上楼来。旅馆里的木质阶梯，发出一阵“嘎吱”脆响。随着脚步声的接近，“咔”的一声木门被推开。

“阿骑，该吃饭了。”

“好，我们走。”

“啪”的一声，灯光熄灭，黑暗瞬间笼罩了整个房间，随着噔噔的脚步声逐渐远去，房间顿时一片寂静。

今日有一批人默默地离去了，明日又会有新的一批人住进来。我们同住在一处狭窄的小房间，彼此只是生命中的过客，在你睡梦中悄然来到，在你梦醒前匆匆离开，甚至连容颜的印象也不曾留下。

似乎在这么狭窄的空间里，我们如此相近，甚至一伸手便可触及，却不得不错过对方。

是命运吗？

怔怔望着眼前的扬州炒饭，我胃部顿时一阵翻涌，或许是因为第一次出省，在这离家两千多公里的地方，我水土不服，没有丝毫胃口。

“小哥，过来帮一下忙。”

我转头，看到背后一脸笑容的女生正朝我挥手，并再次呼唤：“小哥，过来帮一下忙，可不可以和我们一起包饺子？”她朝桌上的面粉指了一下。

“行。”

显然，我并没有接受过包饺子的训练，只是胡乱地帮忙搓揉面团，然后想办法把馅儿挤进面团。刚开始时只有我与一名旅舍男店员，两人在大厅内闲聊若干，10分钟之后，通过旅舍里其他店员的告知，厅内渐渐热闹起来，不到15分钟厅内就堆满了人。在十几号人中，外籍友人居多，并非常热心。

在包饺子的过程中，我不仅认识了身旁从浙江过来旅游的在校女生，还认识了一名时刻都戴着披肩的女生，人称“披肩姐姐”。

20分钟后。

“太疯狂了吧，真的是饺子吗？怎么有四角形的？五星形、戒指形、面包状也出来了？”我仿佛被什么可怕的东西惊吓到，脸色夸张地指着面前的饺子问道。

“你少来，你还不是弄了条鱼状的饺子，别以为我没看到！”浙江女生轻轻扶了下黑框眼镜，一脸鄙夷地答道。

坐在身旁的帅气的阿根廷驴友，一直在埋头包饺子，时不时对我轻轻点头微笑。有时候，交流并不需要多余的语言。因为我们心里都早已定下了自己的目的地，出发之前，大家并不需要像新闻采访那样互曝花絮。

半小时之后，旅舍的店员将饺子煮熟后摆放在木桌上，顿时发生了一场争先恐后的抢夺战……不过好在驴友们都保持了最低限度的理性，并不过分霸占，加上“披肩姐姐”乐呵呵地送出几个五角形、面包状的饺子，轮到我的时候，总算还能凑成一碗吃。

午夜。

与阿根廷驴友和“披肩姐姐”分别Say Bye-Bye，然后带着各位驴友的祝福，我步伐沉重地回到自己的房间。此时玩了一天，已经很累。我静静地躺在洁白的床上，辗转难以入眠。回想在驴友记的这两天，认识了很多从世界各地来的驴友，觉得外国驴友很友善，并没有想象中的傲慢，一样很爱喝啤酒，一样很爱开玩笑，一样龇牙咧嘴，一样无拘无束地发呆、看书、打牌、闲聊。对于即将踏上远途的我来说，这是一个好的氛围，我将轻装上路。

在这里，没有烦人的传真，没有无尽的电话、E-mail，没有三尺柜台前不断变换的脸，这或许就是旅游的意义。外出旅行就是出来放松自己，出来释放自己！

这个住满驴友的青年旅舍，是一群出门在外的旅行者的家。在这里没有利益冲突，没有上司和下属，没有客户和公务，心灵可找到慰藉之处，这里有一种家一般的感觉，和那种独自面壁的华丽大酒店完全不同。

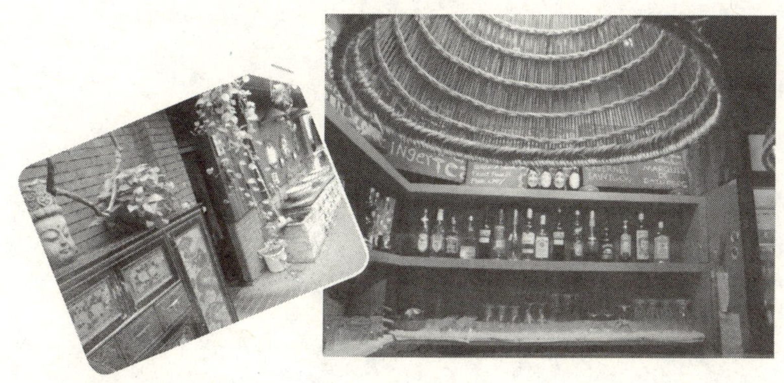

离我出发的时间已经不多，这是最后一夜。之后我将带着“红颜”穿街过巷，在热闹的人群以及大楼缝隙里嗅到千里之外雪山的气息，辨明方向，直奔川藏路。

这一夜真的很不舍，不舍这里融洽的气氛，不舍这里友善的驴友，不舍这里安逸的日子。与驴友们撞瓶喝喝酒，用很烂的英语聊聊天，慵懒地看电视，累了就进房间睡觉……街道柔和的灯光透过窗户洒在一张熟睡的脸庞上，嘴角上还挂着一抹淡淡的笑容。

这就是我即将前往西藏，出发前夜的心情。

我相信你会理解我的这种心境，因为我们年轻。

10月9日，大雨的考验

成都——雅安（155公里）

里程碑：155公里

距拉萨：1999公里

黎明时分，我醒来，清晨的阳光已经从旅馆的玻璃窗微微照射进来。恍惚中，我以为自己还在盐洲岛。

新的一天开始了。

我与DHW将驴包、前后灯、码表还有我的“车牌”分别装上单车。一切准备就绪，推车出门口的时候，我遇到刚睡醒出来散步的驴友。她得知我们要去西藏，送上了深深的祝福。

天色渐渐明亮，我们在驴友记门前拍了张照片留念。终于要离开了，怔怔望着冷清的街道，跨上单车缓缓远离，心里暗道：“我还会回来的，再见！”

现在，出发的时间即将到来。

我们仔细看着地图，沿着人民北路骑到人民南二段进入武侯祠，这是我之前只能通过课本或网络才能看到的地方。骑行川藏一般以成都的武侯祠为起点，所以我们在武侯祠门前拍了张照片作纪念，希望武侯的智慧能够帮助我们顺利上路，不会在川藏线迷路。我知道，在这人群和大街的远处，川藏线正在静静等待我

们到来。

穿过宽阔洁净的道路，跨过数座天桥后，到达创业路，一直往前骑行。空气中弥漫着浓浓大雾，能见度骤然大减，我们放缓了车速。

我们第一天的骑行就这样开始了。出了成都市区，我们穿过双流县，途经新津县，沿着成雅高速骑行。从地图和资料中得知，成雅高速全长141公里，是通往云南和西藏的主要通道，前往雅安的正常路途先经成都市高新区，然后一路经过双流、新津、邛崃、蒲江抵达雅安。我们沿着这个路线走，却走错了，一不小心骑到彭山县去了。看来我们应该多在武侯祠待一会儿，搞清楚第一天的行驶路线，也许武侯诸葛亮会暗中给我们指路。

此时望了下码表，已经骑行70公里。

虽然只骑行了70公里，但第一次骑长途的DHW终于忍耐不住，向我告别，拦了一辆面包车直接到雅安等我。因为DHW是新手，连山地车与公路车也分不清，他一口气能骑70公里，虽然车速缓慢，但也极为不容易。

DHW离开10分钟后，天空缓缓飘落细碎雨丝。我披上雨衣，骑返新津县，又穿越浦江县到达大塘镇，踏上G318国道，开始往雅安骑行。G318国道位于北纬30°，以上海为起点，一直到西藏友谊桥为终点，全长5476公里，是很多驴友去往西藏的必经之路，也是从最繁华的城市通往西藏、通往极简物质世界的阳光天堂。现在我沿着这条路开始加速前行，冷雨落了下来，我必须更加小心，以免滑倒。在这条公路上，我需要带着朝圣的心情谨慎前行，因为我知道，只要克服了最初上路的退缩和疑虑，就会沿着这条G318抵达贡嘎山、海螺沟千米大冰瀑、折多山、雅拉雪山、稻城三大雪峰，甚至以前只能在课本和梦境中看到的珠穆朗玛峰。

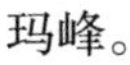

现在，我必须加速了。

第一天上路，我需要给自己一个坚持到底的理由。我疲倦地抬起头，在前方寻找雅安的方位。

晚上，8点整。

在黑暗中，我继续默默在雨中谨慎地骑行。一辆又一辆的货车从身旁掠过，刺眼的车灯会瞬间照亮前方的道路。如果你在这个时候俯瞰这条公路，你会看到灯光如昙花一般，瞬间开放，旋即，你又会重新掉进夜色。每次一有卡车经过，我都必须倍加小心，防止车子打滑突然撞上卡车或者滑出马路。不知坚持了多久，不知坚持了多远，从清晨离开成都之后，将近13小时的骑行，外加走错路，这些细节足以让初次出门的我感到麻木。好在第一天给自己规划的骑行距离不是太远，以雅安作为休息落脚地还算合适，虽然疲惫不堪，但在雨中我还是顺利地抵达了雅安。

晚上9点，我抵达雅安市区。

到达雅安市区，联系上DHW之后，我第一时间冲进旅馆洗个热水澡。当一切安顿好之后，我一面用房间里的电脑上网更新照片，一面开始啃方便面。

“我明天搭车回成都，我放弃了。”

“哦？”

“我坚持不了，以后你自己路上注意安全。”

“好。”

短短的两句对话，空气仿佛开始凝

固，一股沉重的气息悄然弥漫。我没有想到，DHW在第一天就放弃了。但，我同意了，毕竟川藏线存在太多的未知因素。大起大落的川藏线，今天或许住在豪华酒店，明天或许就要露宿街头。更多的时候，这条路上没有酒店，也没有热水浴，只有破旧的旅馆和长达几十里的泥泞。

这个选择对他来说是对的，因为往后有着十座4000米以上与两座5000米以上的高海拔大山，后面道路的骑行只会更困难。如果你没有任何经验，不要贸然单独进入川藏线开始漫长的独行之旅。珍惜自己的生命，进藏之途，每年都有勇士牺牲。搭车并不丢人，丢人的是自己觉得自己丢人。自己尽力了坚持不了，难道要像故事里的英雄壮烈牺牲，之后登上各大论坛、各大报纸才不丢人吗？所以，面对漫长的艰难路途，你需要仔细作出选择。而对我来说，这个长途恰恰是重新认识自己、接受生命洗礼的过程。

人生悠悠数十载，出生了，读书了，毕业了，工作了，恋爱了，结婚了，当爸了，中年了，年老了，死亡了。

“你活着为了什么？”

“就是为了活着。”

我想，我们一生中应该要有一次比较冲动的旅行。那种很任性的旅行，最好是在年轻的时候，最好花自己赚来的钱，最好去一个很遥远的地方，最好有一个可以牵手去流浪的朋友陪伴。

我想，并非我们的生活平淡乏味，而是我们不够勇敢。所谓勇敢，就是有实现梦想的行动，比如，收拾行囊，上路，去梦想的地方。

我想，并非我们有着太多不可卸下的负担，而是我们有着不同的价值观。没有什么是放不下的，只在于我们想不想放下。

最近在微博上，这两个版本的段子极为流行：

一部iphone4，可去云南玩一圈；一个爱马仕，欧美一圈也回来了；全世界你都玩遍，可能还没花一辆跑车的钱；那时候，你的世界观也变了。生活在于经历，而不在于名牌；富裕在于感悟，而不在于奢华。晚年时可以给后代讲述我们的故事，而不是你拥有过的一件件过气的名牌。

买卫生间，还是环游世界？半平米，你可以日韩或新马泰一游；一平米，你可以游遍欧洲；半个卫生间，可以游遍非洲和美洲；一个卫生间就可以走遍全世界；等你游遍全世界，你的世界观也许就变了，房子也已经不那么重要了。

今日是有史以来我骑行最久最远的一天，也是我从广州来到成都，前往西藏的第

一天。从中国的东南端前行到西部的第一天，我经历了大雨、冷风，以及夜骑的黑暗。但是，我心里并不畏惧，这种笃定不是临时学来的，它属于每一个内心有方向的驴友，就像在旅馆的那位阿根廷驴友一样，没有太多言语，但是心中已有自己的方向，只待第二天黎明到来，动身出发。

美国硬汉小说家海明威说，男子汉可以被打倒，但绝不可以被打败；拿破仑说，人生像河流，我从来不怕逆水行舟；托尔斯泰说，只要坚定不移地朝着目标前进，就一定会达到目的；尼采说，只要勇敢地走出去。

我一定能坚持到最后！

终于抵达了第一天的休息点——雅安。雅安市位于川藏、川滇公路交会处，此时我已距成都120公里。雅安是四川全省唯一与甘孜、阿坝、凉山三个民族自治州接壤的市，在这里我已经开始慢慢接近川藏地区的多元世界。雅安的雨城之称果然名不虚传，已经下了一天的细雨。

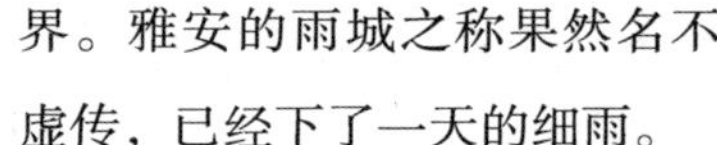

雅安是“大熊猫的故乡”。1869年，第一只大熊猫从雅安走向世界，雅安从此成为大熊猫的发现地。1955年以来，雅安先后送出活体大熊猫136只，是现今全国活体大熊猫存量最多的地区。四川大熊猫栖息地核心区52%的面积在雅安。“国宝”大熊猫在雅安境内的栖息地，不少就在茶马古道旁。

雅安市是世界茶文化、茶栽培的发源地，是全球人工栽培茶树最早的地区，也是古代茶叶贸易进入西藏的道口。雅安的茶很好，但是我没有时间留下来喝茶。夜晚休息，由于疲倦，我入睡很快，我想象自己是一位叫做洛克的探险家，只身远走他乡。1920年，美国哈佛大学植物研究所的探险家约瑟夫·洛克以撰稿人、摄影家的身份抵达川藏一带，在西南地区生活了20余年，随后人们知道了这个世界上有个叫做香格里拉的地方。而对我来说，西藏就是我要抵达的那个终极目标，就是我的香格里拉。现在我离拉萨的距离刻在里程碑上。

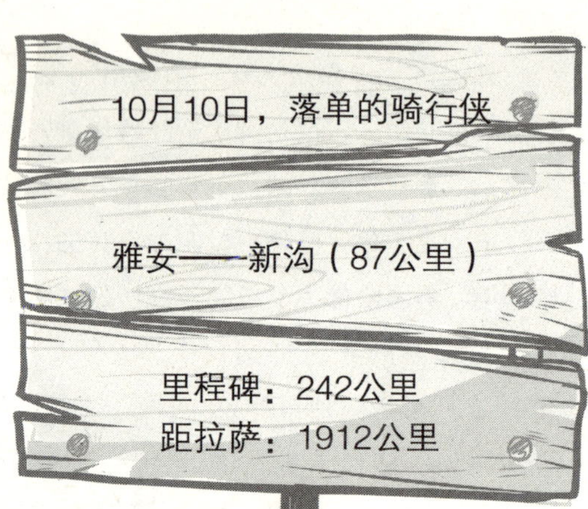
10月10日，落单的骑行侠
雅安——新沟（87公里）
里程碑：242公里
距拉萨：1912公里

90后骑行侠
90S
单车去西藏

10月中旬，已经是秋天了，天气微寒。第一天的骑行相当艰苦，因为在长途开始之前，身体和意志需要一个磨合期。当然，我的“红颜”也不例外，在第一天，我们一同接受了雅安大雨的考验。

雅安是一座安静的城市，这里是四川盆地与青藏高原的过渡地带。第一天骑行到这里，我抵达了青藏高原的边界。这座城市被称为雨城，因此，在第一天骑行的路上，很长一段时间我不得不冒雨骑车。不过我别无选择，我需要抵达雅安才能有住宿和热乎乎的食物。如无必要，请不要执意冒着大雨骑行，尤其是在川藏路上，一旦受伤，你就可能会陷入困境。

雅安的北面是阿坝藏族羌族自治州，西南方是甘孜藏族自治州和凉山彝族自治州，东面有成都、眉山、乐山。雅安是座古老的城市，在公元前就已经建成，隶属蜀郡。大雪山甚至一度延伸至这个城市的城区。骑行过城区，偶尔也可以看到石栎、楠木、榕树、桦树，树木的清香气息让我疲劳的身体稍微舒展了一点儿。

在雅安的旅馆住下后，我想看看这座城市的夜色。这是我离

开成都之后的第一个落脚点。

拉开窗帘透过玻璃窗往下望去，街道漆黑一片，显然，雅安比沿海的城市要入睡得更早。我想，此刻如果是在广州，从高楼远远望去，看到的只会是车流和霓虹灯。沿海城市没有黑暗的夜晚，也很难看到星星。而在雅安，骑行了一天之后，我终于有时间喘息一下。打开窗，外面隐约闪烁着掠过的车尾红灯。因为怕打扰DHW的睡眠，所以我没有开灯，在黑暗的房间中，我轻手轻脚地收拾行装。轻轻扭动已上锁的房门。

咔！嘎吱——

房门缓缓地被推开，走廊上的灯光顿时倾洒在房间的各个角落，一人一车在冰冷的地面一阵晃动，随即，房内地面上的光芒逐渐收缩。随着一声轻微的关门声，房间内恢复了黑暗，却幽幽传出一声哀愁的叹息。

天色逐渐明亮，出发！

DHW无法坚持骑行，他要带着那辆刚刚在成都买来的单车告辞，这意味着以后我就是一个人独自闯荡川藏线了。不过知道DHW要放弃这次远途，我并没有太多的孤独感，也没有丝毫的不安，没有丝毫的踌躇，更没有丝毫的恐惧。

——因为，我在路上。

第一天的骑行经验告诉我，我需要更多的技巧，以掌握体力的分配、补充水分和中途稍事休息的时机。我相信一个人上路并不可怕，可怕的是对自己失去必胜的信心。如果自己连信心都动摇了，那也就没必要再坚持了，因为，你已经失败了一半。现在我要在DHW离开之后，重整旗鼓，继续上路，在总结第一天的骑行经验之后，我把路线和必需的装备安排妥当。

藏区的朝圣者从村子里出发徒步数千里，一步步虔诚地磕拜，踏上遥远的朝圣之路，到西藏的拉萨城。那样的路程和朝圣的方式，他们的精神和体力已经超出我的理解范围。他们中间不乏年少的人，跟随着大人，或独自上路，用几个月甚至一年的时间，一路向拉萨城前进。

那需要怎样的信念？

那需要怎样的毅力？

至少，我不用磕拜，

不用徒步，我还有单车，可以独自一人骑行到西藏。我的座右铭是:“别人行，我就行！”

在雅安的雨水和初秋的凉风中，我的信念，不曾动摇，也不容动摇。

黎明之后，和DHW道别，我骑车只身上路。

早上，我从雅安市区沿着G318国道川藏线开始骑行，出城后基本都是或急或缓的起伏路。穿过飞仙关镇，经过了飞仙桥、仙人桥、始阳镇，在始阳镇已经可以看到运输部队在繁密的作业中。路并没有我想象中宽阔，仅容两辆重型大货车并行而过。我紧靠右道贴墙骑行，唯恐下一秒钟意外就会发生。意外，虽然不能预测，但能减少发生机会。在川藏路上，你必须时时小心谨慎，哪怕这一刻你还在没有一人的道路上迎风摇摆着骑行。

进山约10公里就到达天全县城，一路上看到有很多河流密布，有芦苇、马尾松以及柏树、杉木等常见的植物。

我在天全县。

天全县城在地理位置上大致位于四川盆地的西部边缘，距成都市大约180公里，属于雅安市的一部分。茶马古道经过这里，从这里向西延伸。也就是说，在这里我真正艰难的路途尚未开始。在天全县里吃过午饭后，我在路旁的小摊买了些水果，因为在往后的日子里，水

果会特贵，趁现在能吃就多吃点儿。一旦进入G318国道的深处，就不会像现在这样容易找到吃住的地方。

由于第一次出行，缺乏经验，我携带了很多无用的物品，所以我在天全县城里找到快递处，将棉睡袋、备用外套、插座等一些较少用到的物品全部快递回家。负重骑行爬坡真的很累，尤其是对于骑行菜鸟的我而言。川藏线流传着一句话：能扔一张纸，那就减少了一张纸的重量。这说明，在上路的时候你需要仔细核对、分析自己需要哪些装备，过多的物品并不能带给你在路上的安全感，而是时间、体力、迷路等各种考验。

从离开雅安市区开始，我逐渐体会到川藏线的困难与危险！沿途不断有路牌提示：飞石路段、泥石流路段、桥梁病毒路段、路基下降路段、暗冰路段。但是危险总与美丽形影不离，这一带山路景色迷人，路基本上是沿着青衣江在两边高山的夹逼下蜿蜒前行，路边不时有泉水从山上流下，或是远处的山崖中突然冒出一条飞瀑，路旁古旧的房屋挂着无数串硕大的玉米。路边的青衣江发源于邛崃山脉巴朗山与夹金山之间的蜀西营，经雅安、洪雅、夹江，于乐山草鞋渡处汇入大渡河。走在这样的路上，我不禁想起“大渡桥横铁索寒”的诗句，儿时读到的诗，现在才有几分身临其境的感觉，心头不禁有几分激昂，于是逐渐加快了骑行的速度。

当到二郎山茶马古道碑时，见到了比我先出发的车友玉儿给我的留言：骑行侠！加油！

是，骑行侠！

玉儿的留言让我精神倍增，就像篮球场上的小伙子听到场外粉丝的呐喊声，于是接下来的几个小时，我越骑越快，好不自在。

总的来说，这是快乐的一天。在路途中，遇到几个站在路旁的小女孩，她们扯开嗓子朝我喊加油！还有两个三岁左右的小孩童，露出小牙齿朝我挥手喊：“哈罗！”我十分无语，现在的娃儿咋那么崇洋，咋国语都没学会就学洋语了。我向小孩童们回应，笑着疾驰而过，这感觉就像是阿姆斯特朗先生参加环法自行车赛一样潇洒。

实际上，我的骑行还是有些吃力，这一路基本上都是上坡路，灰蒙蒙的天气让人感到有一些压抑。庆幸的是，精疲力竭地来到新沟乡后，大约10分钟后才下起小雨，不然就如昨日一般，

我又需要在雨中骑行，尤其是在爬坡路段雨中骑行，我想起就打了一阵寒战。

新沟乡海拔已到1300米左右，青衣江还在身边隆隆作响。现在我可以进入休息时间。

新沟乡地盘不大，它只是川藏线上一个普通的地标。但是，不要轻视川藏线上任何一个小旅馆或者休息点。那里也许是藏龙卧虎之地，有众多的大侠早就骑车路过此地。

我住进了新沟乡第二家旅店——骑旅之家。骑旅之家是普通的两层楼房，店主人称柯大侠，非常热情地招待我，照顾得无微不至，开热水让我洗澡，从浴室出来后，我便能吃饭了。这对于远途骑行的人来说是一大快事。

骑旅之家是众多骑行川藏线的驴友的下榻之地，我为自己找到这里感到幸运，这说明我没有走错路，正在沿着前辈们的足

迹紧紧跟上。看着墙壁上骑行川藏的前辈们的留言，真是十分感慨。让我更加震撼的是，看到墙上写着：一个40岁的男人与一个50岁的男人决心用车轮征服西藏！

这种精神让我无比感叹，我自问到了50岁时这种豪言还存在吗？答案是未知的。人类无穷的力量，不能以常理定论。

最后我童心大起，向店主柯大侠借大头笔。他说没有，不过他从女儿那儿拿了彩笔，10种颜色左右。

我在房间楼梯前画起了大大的“骑行侠”！

哈哈，比留言，谁怕谁？

画完骑行侠，看着墙壁上各位大侠、前辈的留言，我心里充满了憧憬，开始为第二天的骑行作准备。

在10月份的新沟乡，晚上已经很冷了，温度只有十几度摄氏。今日骑行的距离虽然只有87公里，但一路缓上缓下坡，难度很高，体力消耗也很大。住进旅馆，我放松下来，整个人仿佛虚脱了般，躺在床上，盖着厚厚的棉被，很快我就进入睡眠中。

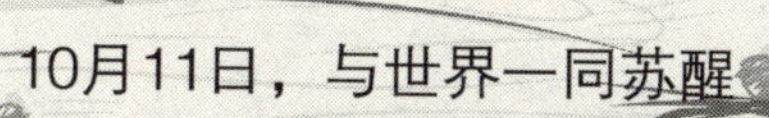

10月11日，与世界一同苏醒

新沟——泸定（57公里）

里程碑：299公里

距拉萨：1855公里

90后骑行侠

90S

单车去西藏

自第一天从成都出发开始，我已经学会了早起，在黎明出现的那一刻与世界一同苏醒。

在川藏线，我每天和太阳一同醒来，然后喝水、吃东西，检查车子和装备，带上必需的水出发。每晚骑行到前方的住处，开始计划第二天的骑行距离，体能、天气、路况甚至大风都是需要全面考虑的，灵活调整行程，然后判断哪一个地点适合留宿、休息。

在这样的长途中，即使你是一个孤胆英雄，也需小心谨慎，不要冒失。有时候我害怕，害怕在天黑前到达不了目的地，害怕独自迷失在荒芜的山野之中。在路上，尤其是午后最为劳累，停下来喘息一会儿，头晕眼花，看着路线图，心里也无法安定。每天都查看出发前规划好的路线，给自己安排好每一天的路线，完成好每一天的目标，我希望我可以一直坚持到最后的拉萨城。

清晨的新沟乡弥漫着淡淡的细雾，山乡、河流清新的气息在空气中飘荡，在骑行中迎面而来，打湿了我的脸庞，冰冷的雾气瞬间刺痛了脸庞的毛孔，嘴角一阵抽搐，咬牙，坚持！

今天的路程看似很轻松，我只需要骑行短短的57公里，但大部分都是上坡路段，这让我几乎崩溃。一辈子都没爬过那么多坡，虽然我的一辈子现在暂时仅有短短的19年……要知道，在高山、高原公路上爬坡骑行，是一件非常吃力的事情，应该不亚于你一天不停地爬楼梯的感觉，时常会觉得腿软、喘息急促。

在缓上坡慢悠悠的骑行不到三公里时，忽然，一只毛茸茸的尾巴如小伞般的小动物从道路另一边闪电般地蹿入这一边的草丛中。我愣住了，回想了下：啊！那是松鼠！

小松鼠的出现让我精神起来，松鼠敏捷的速度让我连拿出相机的机会都没有，不过我还是小小惊喜了一番。虽然咱们的国宝“黑眼圈”没看到，但看到松鼠也不错。我孤陋寡闻，这是第一次见到松鼠呢。在城市里，你过马路的时候是不会看到松鼠或野兔在你面前晃悠的。而在你骑行的时候，这些小动物跟着你的车子，想和你赛跑，那该是多么惊喜的事儿！那比你在地铁里走马观花地看广告橱窗里的卡通兔子有趣得多。

但，很快，我的兴奋就被冷水无情地狠狠浇熄。

离刚才那只松鼠一公里的位置，我发现另一只松鼠。

我减慢车速，心里猛地一惊。地面上，鲜红的血迹与毛茸茸的尾巴碎肉粘连在一起，看上去刚死不到30分钟。松鼠尸体静静躺在冰冷的地面上。我眼前的雾气开始缓缓消散，一阵狂风呼啸而过，汽车无情地再次重重碾轧着它的身躯。

风，卷起了地上的几片落叶。空气中弥漫着淡淡的血腥味。路上的沙石混合着植物的气息，我一阵眩晕。

刚才还在穿越草丛的小松鼠，在越过马路的时候，瞬间就被车轮卷进去。生命，有时候就是如此脆弱。这提醒我，在川藏路，在没有抵达终点之前，需要加倍小心。

往前继续骑行一段，见到路旁一户人家门口挂着一个“烤包谷”的招牌。好奇心作祟，我凑上去瞧了瞧，“烤包谷”是当地人的叫法，也就是烤玉米。烤玉米我一向只能在教科书、田园诗人们的赞美中遇到，这一次有幸亲眼见到，于是打算尝尝。一位村妇和一位高龄老人在火炉旁招手售卖，玉米在炉火中冒出一阵焦香味。我买了一根尝了尝，也许是这里风沙多天气干燥的原因，玉米口感硬邦邦的，并没有多少水分。

当我在火炉旁拍照留念时，卖烤包谷的皓首苍颜的老人朝我说了几句听不懂的方言。经过手势沟通后我才明白，她想让我把照片给她看看。我就给婆婆看一些我在路上拍的照片，已是古稀

之年的婆婆依然精神矍铄，好像是第一次接触数码相机，像一个好奇宝宝。临走时，她要求与我合照一张，我指着相机里笑得很灿烂的婆婆说："婆婆真好看！"婆婆更是笑得合不上嘴。

我怔怔望着兴高采烈的婆婆。他们与生活在城市单元房的人不同，不会为了鸡毛蒜皮的事情吵上半天。村里的人真是谆朴，小小的一件事都能高兴许久。而城市里的人不愁吃穿，小车代步，夜夜笙歌，随身一件物品的价格都能抵上一千根玉米，却没有多少事能让自己真实的内心世界泛起涟漪。

有人说，上帝给你一样东西，必会让你失去另一种东西。

但是，如何把那东西抓牢，不在于上帝，在于你。

在这物欲横流的社会中，我很早就对自己说，这个世界就如宇宙中一大黑圈，在黑圈最里面的都是最顶尖的人物，高傲地享受底层对他们神灵般的仰视。每天都有人成功挤进去了，但圈子就这么大，人类却又如此多，残酷的是，每天都有人被挤出来。我要不断进步！我不仅要进入这个圈子，还要挤往那最深处的最高端。

当我努力发奋地往黑圈里挤去时，却发现，挤进去的代价是如此沉重。那是踩着无数人挤进去的，那是赤裸裸的充满血腥的黑暗世界。

此刻，我笑了，发自内心地笑了。

因为，我庆幸自己是平凡人；因为，我庆幸我进不去；因为，我庆幸我可以简单地工作，简单地生活，可以每天呼吸清新的空气，可以优哉游哉策划下个假期该向哪儿出发，可以选择骑着单车，去自己想去的地方。

金钱、名利、权力、女人，这是男人的普遍追求。

男人啊，你要多少的财富才够？男人啊，你要多高的名誉才足？

男人啊，你要多大的权力才行？男人啊，你要多美的女人才爱？

在路上，你遇到的一切事物，都会让你思考。这就是远途的神奇。当你愈来愈接近拉萨，你的身心都会随之变化，接近纯净的质地。我脑海中闪过安妮宝贝笔下内河与善生的一段对话。

善生对在墨脱教书的内河说："你在西藏太危险。你的生活不可能一直这样一站一站地往下走。"

内河："那该如何呢？在城市里获取一席之位营营役役终老吗？和人群一起住在城市里虚妄地生活着，朝生暮死，不知所终……像一块没有任何知觉的肉。肉身的轮回沉沦是没有止境的。善生，貌似坚定的表象之下，只是幻觉。每个人都在自己制造的意愿进入的幻觉中生活。而能够真正指导和支撑我们生活的意志到底是什么？

在旅途中，廉价旅馆的一张床位的价钱不到十块钱。一双价值二千块的意大利鞋子，可以交换旅馆四五个月的房租。而后者不过是为了让你穿上几小时，吸引视线以满足虚荣。某一天，你发现一双五块钱的麻编的人字拖鞋就可以打发整个夏天。我有一年多没有任何化妆品，不购置昂贵衣服。城市的消费怪圈和物质信念失去作用。所谓的奢侈品、高级品牌、时尚……它们能使人们信奉形式和虚荣，充满进入上流社会的臆想，安享太平盛世。追求一只名牌包、一辆名车使你疲于奔命。离开城市之后，你会发现它的畸形和假象，对人的智力是一种侮辱。"

肉身的轮回沉沦是没有止境的。真正引导和支撑我们生活的

意志到底是什么?

是欲望吗?

我没有清楚的答案，现在，我要顺着这条路一直进发。我在盐洲岛、在广州都没有找到答案，也许这是因为我还太年轻，现在我要在骑行的旅途中寻找答案。

在路途中能见到很多小型蜂场，自产自售，但特贵。在野外，尤其是有大片花丛的地方，你会看到这样的小蜂场。我立刻把脑袋包成粽子，因为要小心被蜜蜂蜇成猪头，然后眯着眼睛看道路两侧的大片花海。尤其在二郎山隧道下方数公里路段，数不清的蜜蜂嗡嗡飞在身旁与我并肩而行，一路上风吹来花香，可以让我暂时地缓解疲劳。

二郎山从地理位置上说，尚在天全县境内，是青衣江、大渡河的分水岭。到达二郎山隧道口前的休息站，我休整了一下，买了一些路旁摆卖的青苹果。这些青苹果是在二郎山种植的，山中的水果确实非常脆甜，而且物美价廉，只卖两元一斤。

在咬着苹果的时候，站岗的武警看我一个人骑车，关怀地问道："一个人？需要加开水吗？要进里面歇一会儿吗？"

"谢谢大哥，不用了。要赶路呢。"我微笑着轻轻地摇头，准备上路。

这时，一位大叔从越野车上下来，跑过来搭讪："小伙子，你骑自行车过来的？"

我嘴里塞满了苹果，只能点了点头："嗯。"

大叔一脸惊骇，指着身旁的单车再次问道："就骑这辆车子过来的？从哪里过来，打算到哪里去？"

我将苹果啃完之后，耐心向他答道："大叔，我从广州而来，在成都买的车，计划从成都骑到拉萨。"

大叔霍然狠狠地盯着我，犹如盯着一头蛮荒巨兽般，这让我一阵心慌。他猛然重重拍了下我的肩膀，喊道："小伙子！行啊！厉害，厉害！几个人过来？今年多大了？"

我的肩膀被拍得有些发麻，一面感受着他的热情，一面继续答道：“一个人，今年未满20岁。”

大叔再次盯着我，难以置信地询问：“你说你一个人？你说你一个人？一个90后的小娃独自骑车到拉萨？我的天，这世界疯了。”

“是的。”

“不是吧？”

“是的！”

“真的？”

“真的！”

“你家人呢？”

“瞒着。”

“骑到这里用了几天？”

“一天能骑多远？”

“今天到泸定还是康定？”

……

十分钟后。我被这位激动的大叔拍得发抖，接着我们一起哈哈大笑。然后，一个个游客开始下车与我搭肩合照。

大叔激动地呼叫了他的队长和团友过来跟我合影，我有些受宠若惊，当了一次小明星，小小满足了虚荣心。大家交流一番，原来他们是从成都出发，自驾拼车旅游的。队伍里有数名广州人，大家一起激动地合照与聊天，其中两个广州女生塞了一些水果在我怀中。在留下各自的联系方式之后，我匆匆告别。再停留下去，后面的车辆就会越来越多地聚在休息站，想走也走不了了。当明星接受完合影，我也差不多过完这瘾了。

我前面的路是二郎山隧道。开上前后灯、轮胎青蛙灯，开始穿二郎山隧道。二郎山隧道在雅安市和甘孜州交界处，长达4170米。隧道很长，潮湿，阴冷，空气很混浊，不过隧道内部有微弱的灯光，倒也不是很恐怖。第一次骑行那么长的隧道，在昏暗的隧道里我有些忐忑不安，埋头加速骑行。在隧道中，如果没有意外的事情，应尽量减少停留，快速穿过。

刚出二郎山隧道口，黑暗的世界已经消失，眼前豁然开朗，高原地貌已呈现眼前。晴朗清澈的天空，刺眼灼热的高原太阳出现了。与穿越二郎山隧道前阴天浓厚的云层相比，这完全就是两个世界，我开始在高原的阳光下骑行。难怪人家称二郎山隧道为“阴阳洞”。

从隧道口出去还要往上再骑行两公里左右，才能到达本日最高点（K2743海拔2250）米，此后便是川藏线上

第一个长下山路，路面较平坦，可以狠狠地翱翔一把。但在下坡时寒风侵蚀，唯有穿上冲锋衣戴上厚手套才可以继续翱翔。此时可以稍微轻松一点儿，顺着地势滑行，和着山间的风一起唱歌。

下坡的路不到五公里，我减缓车速，看到一辆大货车与一辆超长柜货车迎面双双撞倒在路旁，驾驶室破碎扭曲得不堪入目，地上留下浓浓的血迹。估计受到这样的撞击，里面的人很难坚持下来了。我只能深深默哀，然后离开。

从第二天出发开始，我每天都能看到车祸。川藏之险，名不虚传。刚才还是无边的花海，转眼便是潮湿的隧道，前一分钟在顺风翱翔，现在眼前却是惨烈的现场。我再次提醒自己，一定要加倍小心，谨防意外发生在自己身上。

继续前行，争取晚上到达泸定县。泸定县位于二郎山西麓、甘孜藏族自治州东南部，介于邛崃山脉与大雪山脉之间，是古代通往藏区的“唐蕃古道”。从地图上看，它相对于拉萨一带，位置在青藏高原东部边缘。在县境内有贡嘎山。今天，我住进县城的第一家旅店——青松旅馆，然后就在县城里走走看看。我站在高处眺望泸定桥，想起红军飞夺泸定桥，感叹不已，想不到我也踏上了当年红军的道路。

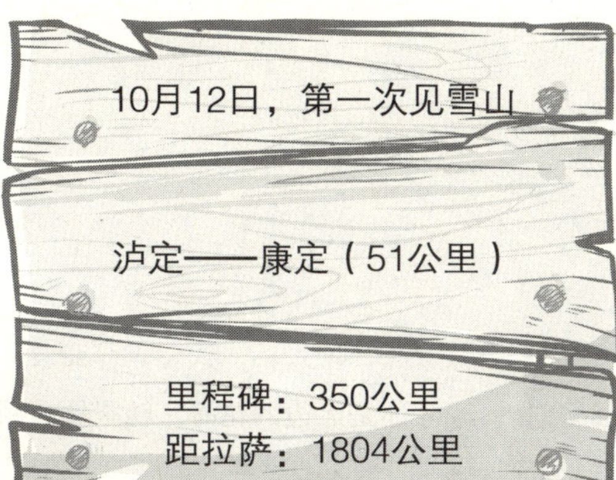
10月12日，第一次见雪山
泸定——康定（51公里）
里程碑：350公里
距拉萨：1804公里

90后骑行侠
90S
单车去西藏

远方，无数层峦叠嶂之上，迷蒙的云雾之中，忽然出现一团红雾，天空渐渐亮了起来。

我醒来，起身洗漱完毕，准备出门吃早餐。清晨的泸定县城街道冷冷清清，仅有寥寥无几的居民在晨练。我找到一家开业的餐馆，坐下后朝正在忙碌的藏妇喊道："老板娘，麻烦来一份鸡汤抄手。"

"好嘞。马上好。"

"抄手"乃是四川成都著名小吃。抄手是四川人对馄饨的称呼，以面皮包肉馅，煮熟后加清汤、红油和其他调料即可食用。此小吃柔嫩鲜美，汤汁微辣浓香。抄手与饺子很接近，包法却不同，饺子是用圆面皮包，而抄手用正方形面皮包。在长途中，能够有机会享受一下各地的美食，正是一大乐趣。

饱餐之后，我刚出泸定县城就遇到让人痛苦的超陡坡路段，看来大清早我就要开始自虐了。不过，我很快适应了这段路的坡度。骑行川藏线我已经想象过无数种状况，即使有数之

不尽的陡坡也休想让我退却。埋怨除了说明自己无能，再不能说明其他什么。

爬坡骑行大约数公里之后又踏上一段烂土路，路旁有大型的施工团队正在忙碌作业。在我停下歇息喝水时，一位施工队的中年人手执铁铲经过我身旁，停下脚多看了我两眼，神情疑惑地问道："小兄弟，一个人？从哪里来的，要到哪里去？"

"大哥。是的，一个人。从成都骑过来，正往拉萨去。"

黑黝黝的中年人瞬间变得目瞪口呆，仿佛有些难以置信，如得到最后结论般从牙缝里吐出："你这小子有病！"

"呵呵，对，我病得不轻，骑行过来就是为了治病。"我嘴角浮起一抹浅浅笑意，半开玩笑地答道。我大约真的是患了城市病，需要这山间的清新空气、阳光来疗愈。如果一直待在广州，我恐怕真的受不了那份嘈杂，有时候我甚至想逃回盐洲岛，回去做一个安居小岛的渔民。不过我并不确定，如果我回到岛上去，是不是真的就能安定下来做一辈子渔夫，因为那种理想的桃源生活方式已经不复存在了。所以，现在我还是忘掉盐洲岛，继续向西藏前进。

“城里的孩子就是吃饱撑着，跑来这儿受罪。”工地大哥喃喃道，随即扛起铁铲，头也不回地朝前方施工队伍走去，却轻轻撇下一句“扎西德勒”。

每个人都有不同的生活方式、不同的思想态度、不同的价值观，世界上总有一半人不理解另一半人的快乐。以前有句流传很广的话：花钱买感觉。骑行川藏的人或许就是这样的，但大多数骑行者并不会带着太多的钱上路，他们的装备也尽量简单。我相信每一个在路上的人，收获的绝不仅仅是感觉，至少我得到的不止这些。

8点18分，这是具有强烈纪念意义的时刻。

在经过一段相对平坦的柏油路之后，我正埋头骑行中，不经意抬头向天空望了一下，喃喃道：“噢，蓝天上飘浮着数朵白云，天气看来还不错，不像昨天在新沟乡的阴沉天空和大雾弥漫的天气。”

霍然！我再次抬头！

“啊！”我顿时如疯子般声嘶力竭地喊了出来。

“雪雪雪……雪山！”

“我看到雪山了，我终于看到雪山了！”

你可以想象，我从南国的海岛上辗转到广州生活，这么多年来，平生第一次见到了雪山该如何激动。

人生中第一次见到雪山，骑行川藏以来首次见到雪山。朦胧的冰雾笼罩着这座高达7556米的贡嘎山。此刻，她终于掀开常年遮盖的面纱，露出她神秘面容的一角，就是这短短的一角也足以让我为之疯狂。这种感觉与我看到沿海都市的摩天大楼或乘着过山车冲刺的感觉大有不同。

贡嘎雪山，藏语“贡”是冰雪之意，“嘎”表示白色，意为“白色冰山”，也意为“最高的雪山”。山体南北长约60公里，东西宽约30公里，主峰海拔7556米，在四川省康定、泸定、石棉、九龙四县之间。

从这座雪山的出现，可以判断出我的位置在康定的南方。我看了下地图，贡嘎山位于四川省康定以南，我现在的位置已经离情歌中经常唱到的那个康定不远了。

贡嘎山是国际上享有盛名的高山探险和登山胜地，也是最难以征服的大尺度极高山，其登顶难度远远大于珠穆朗玛峰。据统计，到目前为止，仅有24人成功登顶，却有37人在攀登中和登顶

后遇难，其中包括14名日本人。登山死亡率远远超过珠峰的14%和K2峰的30%，仅次于梅里雪山。我一面赶路，一面看着雪山的风景。两分钟之后，贡嘎山被白茫茫的雾气再次笼罩。我只是有些遗憾，卡片相机拍远景跟单反长炮没法比，没法自由调焦。看到云雾遮过来，我继续向前闷头骑行，时不时抬头望向那遥远的贡嘎山，期待着她再次掀开面纱对我微微一笑。

路在向前延伸，我很快临近瓦斯沟。瓦斯沟位于康定县东北部，大雪山的折多山东坡。这个所谓的平路与上坡路的转折点，也是我告别大渡河的地方。折多河与大渡河在瓦斯沟会合，这里我将告别大渡河，沿着折多河往上行走。曾经有人说过："川藏线上真正的挑战是从下瓦斯开始的。"

在离开瓦斯沟不久，就见到藏区第一个"六字真言"，也见到藏区第一尊"彩绘刻石佛像"，到达了车友们经常提到的地名——日地。日地是个奇怪的地名，后来知道它是从羌人或藏人的语言直接译过来的。在这里，我的相机竟然没电了，我停下来，在日地路旁的小卖部买方便面，借电源充会儿相机电池。善良的老板娘知道我的骑行计划后，强烈劝我骑行到新都桥就回家，因为往后的道路太艰辛、太危险。

我微笑，说谢谢。然后轻轻摇头。

我相信，毅力可以征服任何一座高峰。

我相信，我的意志可以坚持到拉萨城。

从日地出发，我稍微加快了速度，一路上藏地文化的气息频频出现。刚踏入康定城，迎面开来一辆摩托车，座上两个藏民朝着我喊："扎西德勒。"扎西德勒，这句话之前遇到的中年大叔也对我说过，藏语的意思是：吉祥如意。

我向他用力挥手回礼："扎西德勒！"瞬间，心里有一些感动的暖意涌上来。我想，这大约是我抵达了康定这座古城的缘故，这里传出的情歌我早就耳熟能详。

其实，在路上感动无处不在，一路上有很多人会给你关怀与鼓励。他们会真诚地为你指路，他们会热情地为你加油，他们会友善地给你帮助，他们会用各自的方式给你最深的祝福。

康定，藏语叫"达者都"，谐音打箭炉，意为三山相峙、两水交汇的地方。我在路上看到的贡嘎山的主峰就在这座古城境内。

一路骑行到康定县城，现在终于有时间漫步这座享誉世界的历史文化名城了。康定城内随处可见穿戴藏服藏饰的藏民与身穿喇嘛衣的僧人，还有自我出发以来第一次见到的经筒，我虔诚地转了一圈，双手合十：扎西德勒！

转经筒，亦称嘛呢转经轮，藏传佛教信徒人人持有，不停地摇转。在川藏线上，很多来往的车辆驾驶台前方的玻璃边都会放一个电动的转经筒，自驾游的驴友们认为这可以保佑他们一路平安。

也许是由于转经筒带来的殊胜因缘，我在康定的时候成功组队，有一人加入了我的骑行长途，他就是来自湖北、居住在深圳的阿呆。阿呆给我的第一印象是年轻有为、个子很高、性格温雅。这两天阿呆在网上与我联系后，决定组队，他昨日直接从成都市区搭大巴车到康定县城与我会合。我很感谢这份机缘，有伙伴的旅途一定很有趣。我们逛了一会儿康定的街道，康定城的黄昏如含羞的姑娘，在天空中散发出若隐若现的霞光，我不由得陶醉其中。如果这个时候能在康定的夜晚喝一点儿啤酒，或者唱唱歌，应该是很美的事情。但我和阿呆逛完康定县城，时间已不早，只好匆匆返回住处。

我们住在康定的登巴客栈。藏族沙发式的木床，鲜

艳的红色套被，令我耳目一新。

“单反相机，上网本，睡袋，一大堆修车工具，这还不算，你还带了雨伞？天哪！有雨衣了，还带啥雨伞？”我一本正经地对阿呆问道。

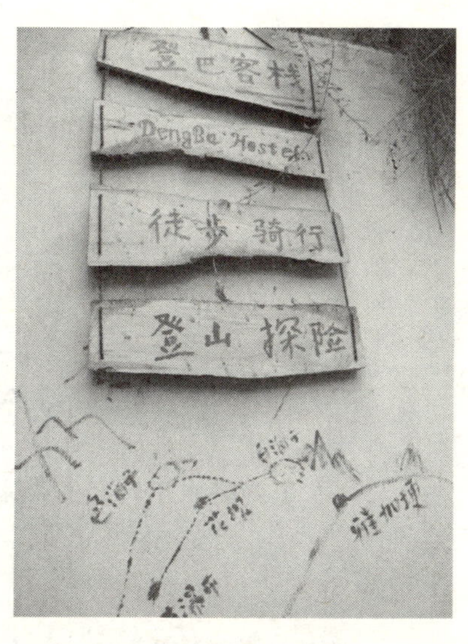

“打算备用，有备无患嘛。”阿呆一脸无辜地回应道。

“把较少用到的东西全部寄回去，不然，明天如此负重的话，你准备推车上折多山吧！”

“那……好吧。”

最后，在我的游说下，他终于把所有较少用到的东西全都寄了回去。尽管如此，他的行装还是比我的重将近10公斤。10公斤也许不是太重，但在山路上你就知道它有多重了。那10公斤重量给你的感觉，就像语文课本里欺压劳动人民的奴隶主一样可恶。

深夜。

“呼呼呼……”房间内回荡着清晰的呼噜声。阿呆入睡很快，我熄灯休息，等待黎明到来。

10月13日，一小时的四季

康定——折多塘（20公里）

里程碑：370公里

距拉萨：1784公里

“丁零……丁零……”一阵悦耳的铃声在黑暗的房间中悄然响起，隐约间有一个人影在摸黑穿衣。衣服拉上拉链的同时，发出一阵刺耳的声响。

我在康定县城的旅馆中醒来，瞬间以为还身在广州，闹钟的铃声让我一时有点不适应。

片刻后，房间里的灯被打开了。

“啪！”电源开关发出一声脆响。黑暗的房间骤然大亮，天花板悬挂的黄色灯泡散发着微弱的光芒。

“阿骑，起床了，我们该出发了。”阿呆已经醒来，摇晃着我轻呼。

“嗯。我早醒了，不过想赖一会儿床等天亮而已。”我揉着蒙胧的睡眼，挣扎了一下，终于起床了。

今天的骑行路线、距离我在昨天已经和阿呆计划清楚，几个小时之后，我们要挑战川藏线上第一个让无数骑士退却的大难关，海拔4298米的大山：折！多！山！折多山是川藏线上第一座

海拔超过4000米的山，这让我和阿呆既兴奋又有一点儿慌张。

我和阿呆沿着康定城里的河水逆流而上。出康定之后，一直都是让人苦恼的爬坡路，我们体力消耗很大。经过连续15公里的上坡路段，才到达折多山山脚的一个小村庄——折多塘村。15公里上坡是什么概念？一般负重骑行爬陡坡是时速四五公里，那也就是需要三个多小时的时间。阿呆由于负重太多，所以骑行的速度堪称龟速。有几段较陡的路段都是靠推车前进的。

在折多塘，你可以看到冰寒的浓雾弥漫着整座海拔4000多米高的山脉。视野中是白色苍茫的世界，仿佛置身在云雾缠绕的仙境之中。

不过，折多塘一带的路仍旧给往来的行人、车辆带来了不少麻烦。我们缓慢前行，巍然屹立在两旁的沧桑树木渐渐在眼中变得模糊，瞳孔一阵紧缩。一辆车头撞毁在树旁的艳红的私家车在我眼帘中渐渐放大，车内空无一人，死一般寂静，地上静静地浮现几摊殷红的血迹，空气中弥漫着浓浓的血腥气息。我和阿呆的笑声凝固了，盯着前面的山头顿时无语，然后有意识地再稍微放缓车速，心中叮嘱自己要集中精力，专心骑车。

苍茫的天空之中，缓缓飘洒着细细雨丝，轻轻飘落在阿呆苍白的脸庞上。

一只身形硕大的秃鹫在半空悄然划过雾气，轻轻发出一阵凄厉的呜咽声，仿佛它在现场期待些什么。据说秃鹫是高原上体格最大的猛禽，我们看到的这只看上去是成年的秃鹫，头部的绒羽呈褐色，张开翅膀的瞬间长达两米开外。

我和阿呆两人面面相觑，心有体会般闭眼默哀。踏上川藏后，早已知道生命的脆弱，也懂得生命的可贵！

我们终于到了折多塘村。这里海拔3200多米，我们骑行了这么久，实际上这里离康定并不算远，而上坡路消耗了我和阿呆太多的体力。阿呆的情况比我要更坏一点儿，他没有前面几天的骑行经验，体力很吃紧。

村里有一家名叫驴友之家的旅舍，我们在大雾中苦苦挣扎了15公里后到此休整。店主是一位中年大叔，他见我们两个在门前喘气休息，关心地问道：“你们没事吧？准备骑上折多山？”

“没事，我们歇一会儿就赶上去了，今天打算骑到新都桥。”我感激地答道。

“建议你们还是在我这休息吧，这种天气，折多山垭口肯定下雪了。”

店主眼中闪过一抹关怀，又从屋内提了一个大保温壶朝我们招呼道："来加点开水吧，进屋子里烤火取暖，外面比较冷。"

"不进去了，我们装点开水就得赶路了，谢谢。"

我们商量考虑了片刻，还是拒绝了。看看时间和今天的行程，离天黑住宿还有足足7个小时可以好好挥霍，我就不信5个小时还上不了这21公里的高陡上坡路段。按照通常的经验，21公里上坡路，最多不会超过5小时。

事实上，想象与现实是不对等的。你天真美好地勾画每一笔，但下笔之后才发现，远没有想象中浑如天成般的契合与完美。因为，缺少的是贵经验。

"天下没有免费的午餐"，宝贵的经验是需要付出沉重的代价换来的，这是我们来到折多山垭口的真实感受。我们再次向折多山垭口前进，终于明白折多山的难度了。

"折多"在藏语中是弯曲的意思，写成汉语是"折多"二字。折多山位于四川康定境内，海拔高达4298米。折多山以西地区是真正意义上的藏文化区，而这陡峭艰险的一段路也有了几分象征意义。越过它，我们才能接近真正的藏地。折多山的盘山公路确实是九曲十八弯，来回盘绕就像"多"字一样，拐了一个弯，又是一个弯，

难怪当地人有句话叫："吓死人的二郎山，翻死人的折多山。"折多山作为大雪山的一个支脉，让我们一开始上路就吃尽了苦头，垭口后面的新都桥看来并不是那么容易接近。

折多山的路途，是这次川藏线骑行以来最困难的一段路。当我们苦苦如蜗牛般前进了五公里时，已经足足花费了一个小时。一个小时，骑行五公里，你不难判断出路程是多么艰难。在高山地区，浓雾升起，一时笼罩得道路能见度不到10米。车辆从旁边经过都是开着远程射灯，不停地鸣笛。在前进途中还遇到军队的汽车运输团，有50多辆，我们俩把车停在一旁给他们让路。每经过一辆兵车，我们就严肃地对着驾驶室敬礼，坐在驾驶室的汽车兵勇士们也会对我们敬礼或挥手。还有些军人朝我们竖起大拇指喊加油，其中有一个军人还向我们打手势，大声告诉我们路上一定小心点儿。

在军队的汽车运输团过去之后，我和阿呆犹豫了一下，继续前进。我们再向前行进了一公里时，天开始下起点点小雨了。山风从上面吹来，我们冻得不住地

哆嗦。高山地区天气变化极快，我们忍着寒冷，想加快速度。这时口袋里的手机一阵震动，打开看到信息：我们在折多山垭口遇到狂风暴雪，在藏民家避雪呢。你们注意安全，我们会在新都桥歇息两天，到时一定能见面了。

信息是玉儿发来的。玉儿比我先出发将近一个星期，但是她在沿途休息的时间较长，赶路的节奏较慢，现在快被我和阿呆追上了，仅差半日路程我们就能相遇了。我们开始想象新都桥的美景，以及和大家相遇的场景。但是看着风越来越大，雨大有席卷而来的情势，我和阿呆商量了一下，这种大雾和下雨天气能见度不到10米，很危险，垭口状况又如此糟糕，所以一致决定返回。安全第一！

下坡时，雨水打在脸上如寒冰刺骨一般。就这么一路的下坡路段，我们小心控制车速，一路滑行下坡返回。很爽地骑到折多塘后，一时哭笑不得，辛辛苦苦一个半小时爬坡上去的路程10分钟不到就爽完了。

再次回到了折多塘的驴友之家投宿。不到30分钟，传来的消息验证了我和阿呆的明智退却之举，垭口那里下起了冰雹。我们想想都觉得后怕，庆幸我们当时的决定是正确的。

折多山脚的折多塘一小时后又下起了大雨，温度骤然下降了。折多塘已经在海拔3200米处。一个小时后，太阳公公将浓密的大雾驱散了，也将大雨姐姐给狠狠地停办了，蓝天宝宝也渐渐地露面了，月亮姑娘在下午5点已经冒头了。在旅舍房间推开窗户，望着远方连绵不绝的雪山、我摇头感叹道：

“高原上的天气，真让人哭笑不得。一个小时前下雨，冰雹，一个小时后却太阳高照。”

“川藏线上，一个小时内让你体验一年四季。”阿呆也忍不住打趣道。

折多塘有一个免费的露天自然温泉，因为天气变幻不定，我们就无缘去享受了。现在我们想的是休息重组，明天再次挑战折多山。

10月14日，暴雪也不搭车

折多塘——新都桥（62公里）

里程碑：432公里

距拉萨：1722公里

90后骑行侠

90S

单车去西藏

缓缓地睁开蒙眬的眼眸，又是新的一天，又是新的开始。抛弃昨日之悲，迎接今日之喜。想起香港的电视台有一则广告：“生命满希望，前路由我创！”

自己的命运，自己的路途，掌握在自己手中。这是你来川藏线的必修课。我们不甘心屈服于命运之轮，没有上帝冥冥中的安排，也没有前世今生的轮回。唯有的，就是那颗坚毅的心。

起床之后，仿佛昨日之悲今还在，今日之喜还没见着。窗外的蒙蒙细雨未曾停过，阴沉的天气让人感到无比压抑，尤其是对将要翻过折多山的我而言。这看起来并不是个好征兆，不像电影里将军们出征时万里无云、祥瑞呈现那般激动人心。

旅舍里身穿藏服的大妈给我们倒了如牛奶般的酥油茶。酥油茶是藏地常见的饮食之一，用酥油和浓茶加工而成。第一次喝酥油茶，感觉有些怪怪的腥味，如果放入白糖就和甜牛奶一个味儿。据驴友们说，这酥油茶可是好东西，不仅御寒，还能预防高（原）反（应），咖啡、红牛之类统统无法替代它。于

是我和阿呆遵循老驴友的伟大旨意，狠狠灌了三杯，反正不要钱。我们希望这三杯酥油茶能保佑我们顺利翻过折多山的垭口。

海拔3000多米的折多塘气温已经很低了，旅馆内堆放着崭新的烤炉，黑白的小猫咪正懒洋洋地趴在烤炉旁取暖。瞬间，一股温馨感泛起心头。吃早餐过程中，藏族大妈怔怔望着屋外的天空。当我们饱腹之后，她凭着常年住此的经验朝我们解释："你们今天还是不要走了。这种天气，折多塘村下小雨，折多山上一定是下着大雪的。"

"大妈，没关系的，我们能熬过去的，谢谢您一晚的照顾。"我婉拒了藏族大妈的好意。我和阿呆三杯酥油茶下肚，已经准备像梁山好汉那样再次上路。不过据驴友们的可靠消息，尽管酥油茶是很好的东西，也不要灌得太多，以免消化不良，严重影响骑行状态。

昨天已经退缩了，今天怎能放弃呢?

路还长着呢，折多山今天是必须过的。折多山是通往藏地的第一座真正具有挑战性和难度的山垭口。如果第一座山都征服不了，过不了康巴山头，怎么翻过余下的11座传说中高耸入云的高原大山?

在一定的范围内，可以退缩，可以放弃。但，在能承受的范围内，在未曾尝试的时候，自己又如何知道扛不住？又如何知道自己登不上？

潜能是无尽的，力量是无穷的。至少，我相信我今儿一定能翻过这座海拔4000多米的折多山！

阴暗的天空轻轻飘荡着细细雨丝，我披上一件宝蓝色加大码的冲锋衣，再穿上在雅安就离开的DHW送给我的防雨裤，用塑胶黑袋子当防水鞋套、防水手套。我们全副武装，从头到脚严严实实的。果真是滴水不漏。

好冷！

一股寒流扑入我消瘦的身躯，身子不由自主地微颤，顶着轻风细雨龟速般缓慢爬坡。经过一夜安逸的休息，体力已经恢复到巅峰。但阿呆负重的东西太多了，半推半骑，在骑行到距离折多塘村2.5公里后，他终于坚持不住了，拦住一辆面包车把我喊停问道：“阿骑，我坚持不住了，决定搭车翻过去到新都桥，你要不要一起走？”

不好！阿呆想逃了！

这真让我有点泄气。

“你那酥油茶真是白喝了，阿呆！”

阿呆只顾在路边喘气，此时晶莹的雨水缓缓滴落，雾

气逐渐被狂风吹散，温度骤然大降。阿呆喘气间从口中冒出一股股白色轻烟，苍白的脸庞仿佛又白了一分。他在面包车的门旁等待着我的回应，眼中闪过一抹期待的神色。

如刀割般的寒风吹袭而过，额前的头发在风中轻轻摇曳，突然间我的脑袋也一阵眩晕。望着眼前有些模糊的阿呆，耳中不断回荡着："一起走？一起走？一起走。"

"没事。放心。我还能坚持。"终究，我摇头，决定继续前进。我轻轻咬了下冻得发紫的嘴唇，安慰他的同时仿佛也在安慰着自己。

"这种天气为什么不搭车？垭口说不定跟藏族大妈说的一样，已经大雪纷飞了。"阿呆不解地问道。

我轻轻地摇头，默不做声。

坚持，不需要理由。放弃，才需要理由。

阿呆轻叹了一声便跳下车子，卸下我车架上的包，提上车。他的眼睛并未与我对视，神色有些愧疚地朝我说道："阿骑，我帮你拿一半行李，减轻你的负重。你要小心点儿，不要太勉强，不行就拦车吧。我先到新都桥找好旅舍等你。手机保持联系。"

我点头，轻轻挥手与阿呆暂别。

阿呆急匆匆地上了面包车，车子一阵加速，渐渐融入茫茫雨幕之中。一刻之前，在身旁共同爬坡喘气的两人，如今仅剩自己一人在风雨中骑行。我不由得自嘲道："没想到组队才20公里，又得自己一人上路了。”

独自一人并不可怕，最可怕的是意志和信念的崩溃。

拿破仑曾经说过：“我成功是因为我有决心，从不踌躇。”看来语文课本里糟糕的范文，唯一的价值就是还有些名人名言之类的句子，可以在这个时候拿出来，给自己打打气。现在，托这几句话的福，即使再恶劣的天气，也绝不会影响我的决心。

我的决心如磐石，绝不动摇。尤其是在上坡的时候，一旦松懈，瞬间就会失去动力。

骑行非常艰难，苦苦在雨中坚持了两个小时，我的冲锋衣渐渐湿透了，整个人如堕冰窟。这种冰冷和凉意，和大多数人在城市空调房间、雪后感到的寒意是不同的。因为你没有可躲避之地，只能竭尽全力加速向前。忽然想起那个户外店的老板的话：“这件特价断码冲锋衣，虽然宽大一点儿，但防水防风绝对没有问题，我敢保证淋一天的暴雨都没事。”

“真是忽悠死人不偿命，还说海口多大的雨都能防住！郁闷。我这户外‘小白’还真相信了（小白就是白痴）。”透过冲锋衣的寒气紧贴身体，我不由得大声咒骂。

离折多山垭口还有12公里左右，雨停了，但更糟糕的情况出现了，天上下起黄豆般大小的冰雹。

“啪！啪啪啪……”冰雹砸在骑行头

盔上爆出一阵密集的响声。突然想起一位车友的话，哥的头盔是用来挡冰雹的。我笑了。

在经过折多山山腰唯一的一家加水的小木屋时，眼睛一亮！车友！

小木屋门口扎着一顶单人帐篷，一辆捷安特标志的车子停放在旁。我决定进去休整下，恰好我也饿得不行了。进去与老板和车友交谈，可惜他是去香格里拉的，在这里已经扎帐篷住了几天，脾气有点儿古怪。老板说，叫他进木屋扎营不收他钱，他却执意在木屋门外扎营，或许，他是如朝圣者般体悟生活的苦修者吧。

我暂时找到了一个避风的地方，懒得去外面冒雨翻驴包拿干粮，就在屋里向老板拿了四条最小的火腿肠吃，坐在火炉旁烘烘手套，取取暖，有一句没一句地闲扯着，半小时后付钱被告知那细小的火腿肠需要三元一条。我面带笑容地付钱告别，心里却恶狠狠地问候他的家人：黑店！

折多山是传统意义上的壮汉分界线。

折多山以东是山区，以西则是青藏高原的东部，真正的藏区。折多山每年只有6、7、8三个月不下雪的，现在是10月份，下雪我也认栽了。“折多”在藏语中本就是弯曲的意思，路又弯又难走，但在山顶的观景台可以眺望“蜀山之王”贡嘎山，则是很过瘾的事情。现在，这种天气，想到山顶去看贡嘎山比在藏区看天鹅还难。

继续前进，这时我裤袋里手机一阵震响，收到了阿呆的短信：垭口正在下大雪，前面发生了车祸已塞车半个多小时，下坡时注意路滑，注意安全，不行就不要勉强。

阿呆虽然离队，但这问候还是让我感到了那么点儿团队精神。队友们需要互相照顾，互相鼓励，互相配合。我行我素的人永远领悟不到团队的精神，也永远融入不到团队里。既然组队了，你们不仅仅是车友，还是战友，更是兄弟手足！

曾经听过一位骑过川藏线的车友说，当年认识一名车友骑行川藏。六个人的车队里，仅他一人懂修车，晚上他帮着大伙调车上油链，待全部搞完之后到餐桌时，却发现其他人全部吃饱了。没有等他也就罢了，没有留饭菜也罢了，就连一句道谢也没有。第二天，他脱离了队伍，独自骑行一天后融入了另一个车队。

懂得礼貌不？懂得尊重不？换成你，辛辛苦苦帮人家修车却遇到这样的事情，你怒不？

无论是骑行的车友，还是自驾、徒步、登山、穿越的驴友们，都应该考虑一下队友的感受、领队的辛苦，而不是一味地发牢骚。

雪花，轻盈地飘落在我身上，如鹅毛般轻轻散落在白茫茫的世界里。我收起手机，告诉阿

呆等我到达。雪中骑行比较艰难，在冰雪和雨水覆盖的路面上，随时有滑倒的可能。骑行的时候我能看到嘴巴里呼出的热气，远处天空灰蒙蒙的一片，风声从耳边穿过，发出呜呜的声响。

越过折多山的垭口，我就走出康巴地区了，接下来便是真正的藏地。没有风雪，就不能体会川藏的艰辛；心里有了这些想法，也就不再那么慌张了。想想阿呆在前方等着，我又多了几分力气。

这就是川藏线。没有曲折，就无法品味川藏的乐趣。漫天飞舞的白雪花精灵，逐渐融化了我心中的热情，第一次见到雪的兴奋已经被浇熄了。愈接近垭口，风雪就愈大，基本上雨水已经消失了，换来刺寒的冰霜。

这时，我突然感到头痛欲裂，加上体力透支，冰雪天气，上路时所担心的高反终于出现了。于是我只能骑骑停停，不断歇息着向前走。有时候车子突然侧滑，我及时调整了车把，竟然还能继续骑行而没有摔倒，真是菩萨保佑！不知道我是怎么在风雪中熬过来的。

终于踏上折多山垭口了！

折多山海拔4298米！庆幸的是，我的高反只是头痛了10分钟就适应了，这该归功于出发前喝的那些味道奇怪的酥油茶。如果我抵达了拉萨，一定要选一个热闹的地方，再喝上一下午酥油

茶，晒上半天的太阳。

望着垭口一片白雪茫茫的世界，一切如此干净。我迷惘了……当初想若见到雪，第一时间我一定要堆一个雪人拍照。但，从现在的体能来看，感受着自己半冻僵的身躯，我很怀疑还未完成这壮举，我可能就要晕倒在雪地上了。我匆忙地在折多山垭口拍了数张照片，就迫不及待地冒着冰雪飞奔下坡了。路上想到阿呆的提醒，从垭口下坡的时候我小心地控制着车速，不敢全速骑行。看到垭口那变形的围栏与地上零碎的汽车外壳，川藏线的险，从出发那天开始，每天都能体会到。在川藏线一定不能掉以轻心，这一点我已经重复过，请务必仔细。

连续的下坡42公里非常顺利。一个字：爽！两个字：真爽！三个字：超级爽！四个字：真他妈爽！五个字：真他妈的爽！六个字：除了爽还是爽！我现在已经忘记了自己都学过哪些词汇，满脑子只有这几个字来发泄欢快的心情。请不要在意我在路上大骂出口，如果你能越过垭口，一路下坡骑行，说不定比我还要激动。而这里的天气也实在善解人意，不时凑点热闹。刚下垭口不久，大雪在半山腰化为水滴，狠狠扑打在我脸上，泛起一阵剧烈的撕痛感，我感到自己有了几分野性。我全身都湿透了，路面一旦好走一点儿，我就全速一个劲儿地赶往新都桥。这一段路程，我开始有点发飙了，兴奋不已，连水都顾不上喝。

我终于抵达了新都桥的天堂客栈。

淡淡灯光笼罩着的狭窄房间内，两男一女正望着在床上熟睡的青年，他清秀的脸庞上带着一丝疲惫。

房间中隐约间传出几句低声交流：“这小子，竟然独自一人在暴雪中翻越折多山。”

“真不容易，阿呆，你那时怎么不和他一起搭车过来？”

“玉儿，你不知道，他倔犟拒绝了，我……”

……

我翻个身，不理会他们的声音，实在是太疲惫了。这一路，竟如此艰难，如此刺激。现在，我需要休息。

10月15日，初遇队友高反
天堂客栈
里程碑：432公里
距拉萨：1722公里

90后骑行侠
90S
单车去西藏

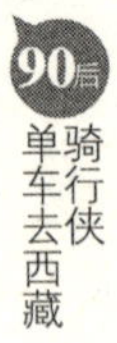

“呼——”吸入醒后的第一口混浊的空气，缓缓呼出。

在天堂客栈房内洁白舒适的床上，我裹着厚厚的棉被回想着昨天所发生的一切。在那风雨暴雪交加的折多山上，我存活下来了？

真让人不敢相信，我熬过来了！

折多山，川藏线上12座高原大山的其中一座，很多骑士就是在这里打道回府的，很多骑士就是在这儿拦车而过的，很多车友就是在这儿写下了人生中诅咒最多的日记。现在想想，昨天的骑行恍若隔世。当时的寒冷和体力透支，已经让我陷入半麻木状态。下坡时的过度激动和兴奋，又消耗了我的全部体能。到达天堂客栈后，我便一觉睡到天亮。

一个人面对着大自然恶劣的环境在陌生的地方独自骑行，独自攀登，独自克服，会爆发出超常的潜力，但也会绝对崩溃。所以，我需要睡个大觉，让自己好好调整一下。要知道，川藏线无比神奇，不要轻易激动，好戏还在后头，需要淡定地一路坚持到

底，这才是“骑士”们的风度。

悄然推开木质窗户，心底默默地祈祷，希望窗外的景象是让人幸福的蓝空。

“嘎吱——”

寒冷的气流瞬间透过窗口涌入房间，如花瓣随风飘落在寂静的湖泊中，连一丝涟漪也不曾泛动。

新都桥的天气是——阴天。

这让我有点失落，本以为今日的休整可以在暖暖的阳光下尽情享受。

经过这些天的骑行，我的内心已经不再像出发前那样波动、跳跃，开始有几分沉稳。很多事情本就不能称心如意，或许，看开了就好。天气，就如甜蜜的爱情一般，可遇，但不可求。收起垂头丧气的面容，往后的日子还长着呢，不能让今日的阴天影响明日的晴天。

转头望向床上两眼无神的阿呆，他感觉到我的注视而怔怔地。望过来，极为憔悴的苍白面容，毫无血色，仿如弱不禁风的老人般。他从嘶哑的喉咙吐出：“阿骑，我不行了。”

是的，他不行了，他遇到了每个人进藏都会很担忧的——高反!

“嘭！嘭嘭！”门外传来一阵沉重的敲门声。

打开房门，门前站着头戴黑色鸭舌帽面容刚毅的火鸟。他关切地朝我问道：“阿骑，昨天淋了一天雨，你没事吧？没有发烧吧？不会感冒吧？”

“我没事，但阿呆有事！”我连忙摇头的同时指向床上奄奄一息的阿呆说道。

“阿呆，你没事吧？”火鸟触摸着他的额头探热问道。

“高反了，头痛，全身乏力。歇一段时间适应了就没事了。”

火鸟也曾经严重高反过，所以他此行带了无数预防高反、治疗高反的药物：红景天口服液、红景天胶囊、高原安、肌苷片之类。

火鸟细心地给阿呆冲泡葡萄糖服药，小心翼翼地端上。火鸟很稳重，有他在身旁，仿佛一切都不需要担心，他会将一切安排妥当。

关爱队友，就是关爱自己。

高原反应，即高原病，指未经适应的人迅速进入海拔3000米以上的高原地区，由于大气压中氧分压降低，肌体对低氧环境耐受性降低，难以适应而造成缺氧，由此引发一系列高原不适应症。当然，除了高原缺氧的因素外，还有恶劣天气如风、雨、雪、寒冷和强烈的紫外线照射，等等，这些都会加剧高原不适应症，并引发不同程度的高原适应不全症。

从海岛到高原，这是两个世界，我必须充分重视高原反应可能给我带来的各种麻烦。尤其是对部分初次进入高原的人来说，在海拔3000米的高度，会在24小时内出现头疼、头晕、眼花、耳鸣、全身乏力、行走困难、难以入睡等症状，严重者还会出现腹胀、食欲缺乏、恶心、呕吐、心慌、气短、胸闷、面色及口唇发紫或面部水肿等症状。出现这些症状，应在原高度处停留休息3~5天，或立即下降数百米高度，一般就可恢复正常。

有报道说，3500米以下的发病率占37%~51%，3600米~5000米的发病率达50%。这说明高度越高，高原反应的发病率越高，

尤其是骑行者、徒步者，体力消耗巨大，更容易遭受高原反应的突袭。个人体质不同，发病情况也不同。比如，我在海拔4000米时，头痛了10分钟就适应了。高原反应并不可怕，只要在进藏的那几天多多注意就可以了，千万别剧烈运动，千万别带着感冒进藏，进藏后两天内尽量不洗澡，以免着凉和消耗体力。但我们是骑行进藏，长途的体力消耗是不可避免的，这就增加了危险性。并不是你想休息的时候就可以休息，如果你孤身前进，体力消耗殆尽，无法获得援助，高原反应上来时是非常危险的。

目前的情况，阿呆唯有在房中静养了。安置妥当后，见阿呆的情况并无加重，我和玉儿、火鸟三人骑着车、看着马、拍着牛，优哉游哉地在新都桥宁静的牧场闲荡。

玉儿，也是在网络论坛上看到我发的组队帖子，随后与我联系上的。她与火鸟比我早出发三天，一直短信保持着联系，直到今日我才赶上他们。火鸟与玉儿一对是情侣，两人各骑着一部折

叠车漫漫进藏，情意浓浓。到了新都桥，显然他们有一点儿时间来浪漫地巡游一下了。

新都桥是川藏线南北分岔路口，北通甘孜，南接理塘的地域，是从西藏通往康定的必经之路，也是驴友们中途休息的好地方。在新都桥，因为骑行劳累而两眼昏花的老驴，也会突然眼冒亮光，拿出相机，准备过一把摄影师的瘾。

我在新都桥镇附近骑车闲逛，只见一个个外观奇特的藏族村庄依山傍水地建在公路的两旁，一条浅浅的小河流与公路相依相偎蜿蜒流淌。房前路旁矗立着一棵棵挺拔的白杨，在秋风秋阳中炫耀着特有的金黄之境。山头布满了一群群牦牛和山羊，点缀在新都桥田园牧歌式的图画中，平添了许多生动。远处秋黄的山脊，舒缓地在天幕上划出一道道优美的弧线。满眼蓝色、白色、金黄、黑色、绿色的饱和色块，在宁静的新都桥牧野描绘中，凸现着流畅的色彩和线条，我们恍如置身画中。驴友们见到此情此景都激动不已，感叹苦尽甘来，终于找到组织了，大家结队骑车开始巡游。

新都桥的藏式民居极有特点，有着很宽敞的白墙院和朱漆大门。房屋大都采用石料建造，朝阳而居，采光极好。每座楼房的每面墙上开着三四扇窗户，窗沿儿上用红、黑、白等色彩描绘着

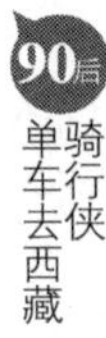

象征人丁兴旺、五谷丰登之意的日月或者三角形图案。偶尔可见不知名的鸟儿在房前、溪边、草地上飞翔、跳跃。

秋天穿行在金黄的丛林中，让人备感安逸。在火鸟单反相机的长年熏陶下，玉儿都成专业模特了，随便一摆Pose都非常好看。火鸟的单反相机里拍人多于拍景，而我的卡片相机里风景照与人物照不成比例。没办法，谁叫我是独行侠呢?

与火鸟他们交流许久，得知玉儿已辞职，火鸟与我一样，向公司请了长假。驴友们终于不虚此行，在这休整一天，确实值得。我们居住的天堂客栈就如一大宅院般，让人备感亲切。外头不知谁家的几头牦牛偷偷潜进来啃草，老板娘气得咬牙切齿地全给轰出去了。

时光仿佛在这一瞬间悄然停滞，黑白镜头定格在这安逸的瞬间。这一刻，仿佛成了永恒。

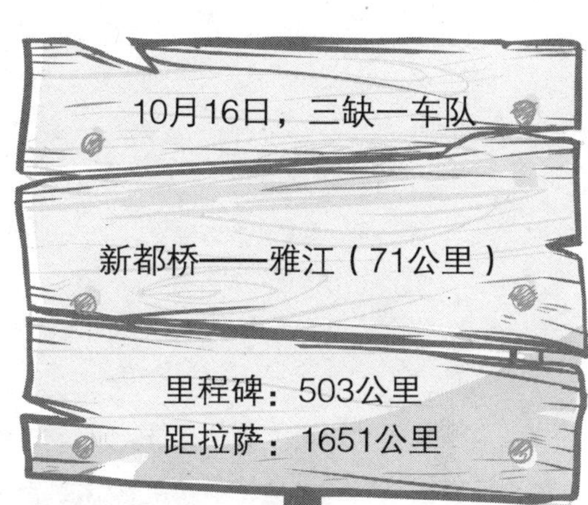
10月16日，三缺一车队
新都桥——雅江（71公里）
里程碑：503公里
距拉萨：1651公里

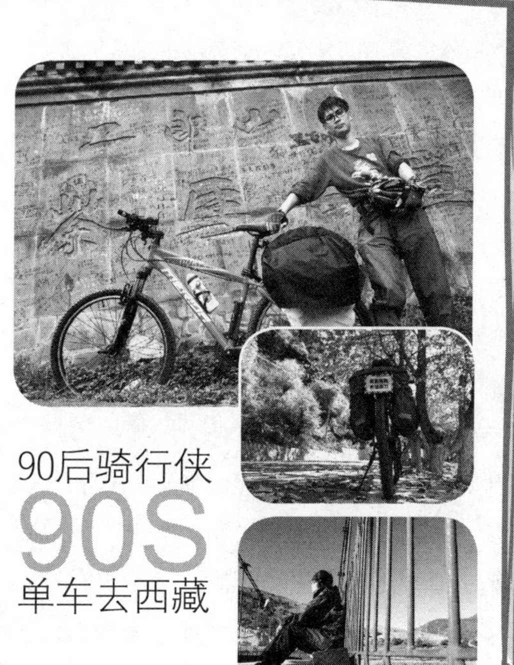
90后骑行侠
90S
单车去西藏

离开美丽的摄影天堂新都桥，经过一天的休整，现在我们的信心重新被充满。只是，不知道有生之年还有没有机会再来摄影呢？或许很多人都会有这样的感叹。离开一个舍不得的地方，都会在心底深处信誓旦旦，下次绝对会再过来的！而回归到现实生活时，身在社会为柴米油盐烦恼时，从前的那个根植在心底的誓言早已被抛弃到不知何处。

到目前为止，这一路虽然尚算顺利，但却非常不易。或许，在他人眼中，90后骑行侠很洒脱，是典型的追梦少年。却不知道我们并非别人想象中那般自由，至少我是辛辛苦苦地欺瞒着家人出发的。我对自己说，川藏线骑行或许只有这么一次了。无论下次来与否，我都要好好珍惜这次旅途。

早晨出发，缓速启动山地车，深呼吸，慢慢加速，热身，然后找到合适的骑行节奏，这是这些天以来我总结出来的经验。凉风吹来，睡意渐消，置身在一望无际的田园绿野、芳香嫣红的花丛之中，我如蒲公英般随风飘荡。在困难路段出现之前，现在我

至少可以自由呼吸，享受路上的风景。对于漫长的旅途来说，我需要这种片刻的放松来缓解身心压力。

阿呆由于高原反应严重，他决定暂时在新都桥休息几天，待高原反应减轻后再搭车跟上我们。火鸟、玉儿和我，三人吃过早餐，出了只有一条街的新都桥镇，经过一小段布满灰尘的碎石路，开始进山。又得痛苦地爬坡了，我们新一天的骑行正式开始，缓缓如蜗牛般挣扎着向垭口前进。前往高尔寺的这段路是柏油路面，也是川藏南线一段有名的路。路的坡度很大，但不觉得荒凉，时常有运输队的大卡车经过。考虑到路面坡度大，我们决定在半山腰空置的高尔寺山警务站门口歇息一会儿。

爬坡骑行将近10公里左右，路边树木成荫，我们到达高尔寺山垭口了。垭口标注：高尔寺山，海拔4412米。风马旗高挂着随风飘扬。

藏区各山河路口、寺庙、民舍，随处可见印有经文图案成串系于绳索上的小旗。这一面面小旗在藏语中被称为“隆达”，也有人称之为“祭马”、“禄马”、“经幡”、“祈愿幡”。不过，人们更习惯称它为“风马旗”，因为“隆”在藏语中是风的意思，“达”是马的意思。

“风马旗是青藏高原上一道独特的风景。在藏区，人们随处都能见到一串串、一丛丛、一片片以经咒图像木版印于布、麻纱、丝绸和土纸上的各色经幡。这些方形、角形、条形的小旗被有秩序地固定在门首、绳索、经幢、树枝上，在大地与苍穹之间飘荡摇曳，构成了一种接天连地的境界。它与银光闪闪的雪峰、绿草茵茵的草甸、辽阔茫茫的漠野、金光灿灿的庙宇一样，成为藏区自然环境和人文环境中一种独有而鲜明的象征。”

我们在垭口兴奋地狂拍照片，远眺着远方那连绵不绝的雪山，望向山脚下蜿蜒的上坡道路，心里涌起一种豪气。这是我们一步步踏着自己的车轮攀上来的。

随着时间流沙般地消逝，我们“谋杀”了不少快门，检查了刹车状况后，开始准备享受最快乐的时刻——下坡。

下坡的路比较轻松，在经过了高尔寺山垭口后，路边出现了很多藏族村落，人们的生活方式也由放牧转为农耕。37公里的爽快下坡，海拔降了1700米，下山的路不是一般的陡，某些路段的小“搓板”也较多。前20公里坡陡得会让你肠胃翻腾，一路都是死神的镰刀——悬崖，而且并没有围建护栏，十分惊险与刺激。

为了安全起见，火鸟安排自己骑行第一位，玉儿中间，我是最后。虽然他们的折叠车下坡速度比较慢，但我还是接受了。无论单车还是汽车，十次事故九次快！这是十年不变的定律！一旦疏忽了，下坡骑行就可能变成高山速降，直接坠落到路外面的悬崖去。

沿途的风景，一个字：美！

尤其是在八角楼那一段，河沿上遍是秋季的金黄白桦树，这种大自然的美，能让人感到它的清远、纯净的气息。这是一段宁逸的风景之路。在这处处城市化的社会上，何曾见到如此美景呢？

或许，在若干年后，这条宁静的河流不再存在，河旁不再是小树小草小泥土，将是平坦的水泥路上耸立着节能大电灯。

珍惜现在，把握今日。

我放缓车速，塞上耳机，左耳是抒情的轻音乐，右边是大自然的乐曲。踏着单车，仿佛自己已经与这里融为一体。沿途风光如此美丽，我们还意外地发现一只体形臃肿、头颅白黑色发毛、眼眶黑圈的动物——如熊猫般的牦牛，这让我无比惊讶。

到达雅江城后，我们居住在藏族阿妈开的康巴客栈。

康巴客栈建在峭壁上，只有几根木柱顶着房子的一侧根基，房屋内的墙壁有很多裂痕，据说是2008年地震留下的。在康巴客栈房间休息时，我们三人商议确定了车队的名字：三缺一车队！（缺的正是高反的阿呆）。

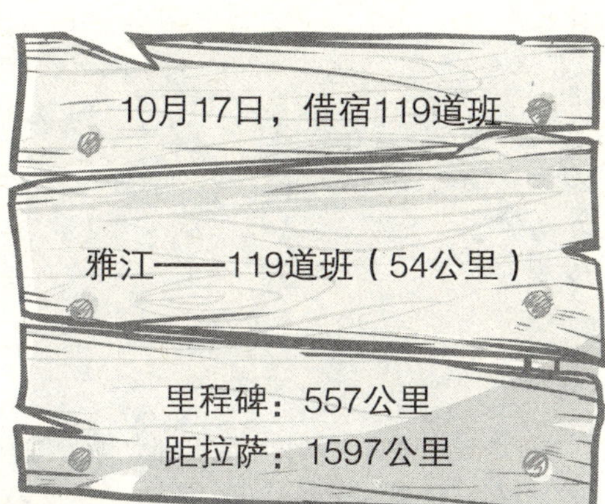
10月17日，借宿119道班
雅江——119道班（54公里）
里程碑：557公里
距拉萨：1597公里

90后骑行侠
90S
单车去西藏

今天已经进入10月下旬，雅江城天气有些寒冷。

雅江，在藏语中有“亚曲喀”，即“河口”的意思。雅江的东边是刚刚经过的康定，西南面便是理塘。

醒来后，收拾行装。推开窗口映入眼帘的是一层层厚密的云层，顿时仿佛所有劲儿都失去了。火鸟见状，打趣道：“信不？往后的日子，一定都是美好的晴天！”

我就不信有那么爽的天气！我与火鸟在川藏线上开始了人生输得最惨的赌博。晴天，我输。阴天，我赢。一天赌一只烧鸡。

我和火鸟大笑起来。

在我准备出门的时候，火鸟、玉儿给我塞了满满的零食与干粮，窄窄的房间弥漫着他们浓浓的关怀，除了感动，还是感动。才认识了短短两天，就仿佛前生今世已经认识了两个世纪。火鸟充满遗憾与不甘地对我道：“阿骑，如果没有玉儿在，我绝对会陪你一起坚持骑行全程的。”

“我知道，没事儿，三天后，我们就能在一起了。”

我明白火鸟的心情。转换一下角度，我也会选择留下。玉儿独自一个女生搭车在前方等候，我们也不会放心，有火鸟陪伴是最好的。

穿过清晨雅江城冷清的街道，我独自默默地离开雅江城。

让我感受到无比温馨的三缺一车队，还没抓牢，如今就已经失去了。昨天阿呆的缺席，今日与火鸟、玉儿的离别，犹如在天堂顶端狠狠跌落到地狱的深渊般，我的心头很不是滋味，内心极不适应。

在川藏线上，几乎每天都是“大起大落”的。

现在我重新回到一个人的骑行模式，我笑了。就像电子游戏里面的场景，我需要不断切换自己的竞技模式。

本就打算独自闯荡川藏线的，没有什么好迟疑的，没有什么好惋惜的。三天之后，他们会归队的。现在老子就是一缺三车队！仅有一人的车队！老子还是唯一的队长呢！

一个人的骑行中，容易胡思乱想。这次的川藏线骑行真是

非同一般的坎坷。第一天，好不容易组队了一名队友，虽然是连山地车和公路车都分不清的新手，但总算是个活的，却出乎意料只坚持了半程。在康定城第二次组队阿呆时，我还以为从此可以脱离独行侠这个名头了，没想到还是只坚持了半程。第三次组队玉儿、火鸟两人时，真正相信自己解脱了，坚持了一天，就又和他们分离了。

老天爷，你这老头子，大爷我恨不得掐死你！

出雅江城后踏上往理塘方向的道路，我面临的是长达32公里的连续上坡路段，真是折磨人！缓缓骑行到12公里上坡路时，背后开来一辆破旧的面包车，在碎石路中摇摇晃晃。经过我身旁时，脑袋光溜溜的火鸟从车窗急忙伸出头，用力大声呼喊："阿骑，加油！加油！"

"加油，加油！"刚回应完，车子已经消失在我的视野中。

在不知不觉埋头爬坡中，瞥了一眼码表发现，距剪子弯山垭口仅有不到六公里了，估计一个半小时可以到达山口，阴沉的天空却在此刻飘起鹅毛雪花。手机一阵震响，显示着火鸟的短信：

阿骑，理塘下雨了，你自己一人要注意安全！到119道班后给我发个信息！

理塘下雨吗？那就是说剪子弯山垭口很有可能在下大雪了。

为防万一，我急忙停下来翻开驴包，找出雨衣和雨裤换上，喝了一口真空保温瓶里的板蓝根，暖和一下我这冰冷的身子。在天寒地冻的地方能喝上一口热开水，不仅能御寒，还是一种享受。

果然不出所料，在距离垭口还有短短的七公里时，洁白的雪花与绿豆大小的冰雹在狂风中乱舞，大大增加了骑行难度。

距离垭口还有四公里时，一辆打开车后门的越野车停在路旁，里面一位挺着啤酒肚、脖戴金链子、一身豪气的中年人对着我摇手喊："小伙子，辛苦了，休息一下。我这里有热的牦牛肉，来尝尝。"

我连单车都未曾停下，微笑着轻轻对大叔摇头说："谢谢了！要赶路，不够时间了。"

川藏线上，总有这些善良的驴友让你感动。此时距离垭口仅有短短的三四公里，我想一鼓作气冲刺到垭口，一旦停留，一旦泄气，这短短的数公里就够我喝一壶了。

终于艰辛地挺到剪子弯山垭口。飘荡的雪花与飘扬的风马旗在半空凛冽飞舞，地上渐渐铺上一层银纱，寒风瑟瑟。站立在山口迎风展开双手，望着远方被云雾缠绕的连绵山脉，我用尽全力尽情呐喊："我又翻越一座大山了！拉萨！等我！"

凛冽的寒风吹散了所有声响，此时仅有风马旗在半空猎猎作响。

眼前就是著名的剪子弯山，它的藏语名字叫“惹玛那扎”，意为羊子山口。山口海拔4659米，是318国道经康巴地区的最高山口之一。在这里，你可以体会千山万壑尽收眼底的意境，可以领略一番茶马古道的古风遗韵。

到剪子弯山，我找到了119道班所在处，休整一下。

发送失败！发送失败！

“手机短信一直发送失败！唐大哥，这里一直都是没信号的吗？”

唐东，119道班工人，30多岁，黑黝黝的脸庞始终带着一丝笑容，手不停歇地摇晃古铜色的摇经筒，叨念着六字真言。

“是的，道班里是没有信号的。你如果想要打电话，可以出道班门口，往前走数公里，就有信号了。这里也没有电，只靠一部小发电机在晚上供应微弱的电力。”此时在119道班，屋顶的层层瓦片、山上的所有植物都被染成雪白色，冰封百里，大雪飞扬，屋内温度仅有几度。唐东往火炉里再加了一些干柴，一脸严肃地回答。

“还是算了吧，让我现在出去在大雪中跑几公里，不如杀了我好了。”火炉内微弱的火团散发出淡淡的温暖，我不由自主地

往火炉靠近，轻轻自言自语。

听说早些时候，119道班并不对外接待骑行者。一天，一名广东的骑行者从雅江出发前往理塘，但连续翻越了剪子弯山和卡子拉山后，他已经精疲力竭。为赶往理塘，他不得不在夜里冒险赶路。而在一个下山弯道处，这位广东的骑行者被突然蹿出的野狗惊吓，摔倒在路边沟口。在他竭尽所能赶跑野狗后，自己一只胳膊已经折断。凌晨5点左右，他被挖虫草的藏民发现，用拖拉机送到了119道班，途中，人虚脱得已经奄奄一息了。最终，骑行者的生命得救于道班。

119道班的重要性是不容置疑的。川藏线上这样的道班住宿点很多，几乎每一个点都极其重要。

道班工人是值得敬佩的，保证道路畅通是道班工人的第一要务，他们用生命和汗水保障着过往车辆的畅通。

是夜，我借宿在119道班，这里的条件非常简陋。寒风透过破损的墙壁袭来，我身体不由得一阵发抖。

119道班住宿点在川藏线上是出了名的简陋，不能洗澡，不能充电。如四合院般，由三组房屋组成，像一个拉长的“口”字。口字下方一横，正是道班大门。道班工人的房间外，只看到一个由两间房连在一起的特大柴火房。外面一间堆满了木柴，而里面一间则是工棚，全是连在一起的木板，一字排开，可以睡十几个人。木板床上堆放着许多棉被，房间内弥漫着一股异味，像是臭袜子与汗腥混合的气味。

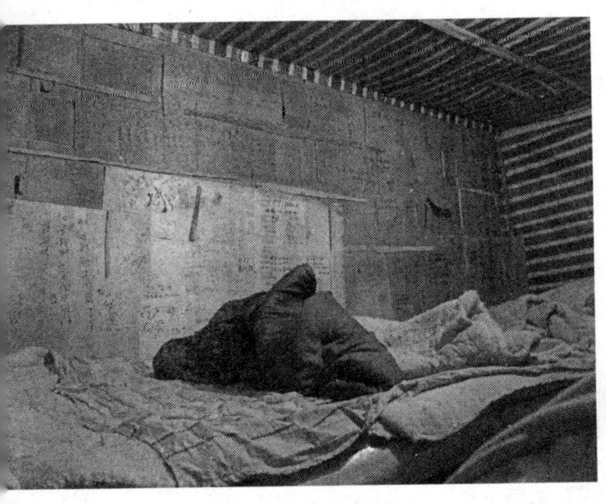

冷！好冷！超级冷！

第一次在如此冰寒的地方过夜。119道班的大姐知道我是南方人，在我晚上6点多准备睡觉时，拿来了热水袋给我暖脚，还给我塞了三床大棉被。三床大棉被稳稳盖紧我消瘦的身子。我自言自语笑道："我不是热死也不是憋死的，而是被压死的！三床棉被怎么这么重。"

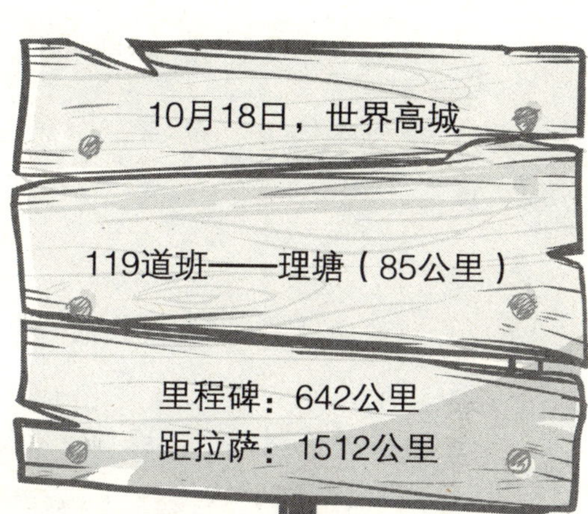

90后骑行侠
90S
单车去西藏

“咚咚咚……”在冰寒的晨雾里，我轻轻敲着残旧的木门。

“来了，来了。”门内传来一声应答。

嘎吱——打开木门的是昨晚的道班大姐，她疑惑地望着全副武装的我问道：“天刚亮，你就准备走了？”

“是的，我准备结账，灌满开水就出发。”

“那么早，我给你做点早餐吃。”说着她将我拉入房内，点燃干柴树枝，投入火炉。火团渐渐变得旺盛，光芒映照着那黑里透红又美善的脸庞。她朝我接着说道：“没事，我帮你们骑车的做饭都做了好几年了，饿着肚子怎么会有力气骑车呢？”看来在川藏线，有不少驴友在119道班借宿过。

“不用，不用。我有干粮。不好意思，这么早把大姐给吵醒了。”看着道班的大姐在如此寒冷的早晨起床给我做早餐，我心有愧疚，实在过意不去。

“我们这里定好的规矩，一个人收40元，住宿含晚餐、早餐，所以你不用在意。你坐在火炉旁吧，那里暖和一点儿。我给

你简单做碗面条，马上就好。”说着，短短时间内，她快速将水烧开，倒入大半包面条，削入数片腊肉，放些洋葱，舀进大石碗里。

“我煮了一大锅，不够可以再舀，别客气。”道班大姐微笑着朝我说道。

“谢谢大姐。”望着眼前冒着热气的简单面条，在这零度冰封的世界里，内心深处淌过一股暖流。这大约是我人生中吃过的最好吃的面条。

带着他们的关怀与祝福，我告别了白雪皑皑的119道班。离开119道班不到数公里，手机“滴滴滴”地震响不停，手机有信号了。

小小的屏幕显示着：24条未看短信。

火鸟：将近天黑，还没到119道班吗？

怎么关机了？

开机了速联系！

阿骑！你还好吗？见到短信后速联系！

等你电话！

玉儿：速回电！

没事吧？快回信息啊！

再不回复，我们要去报警了！

开机后速回电，我们焦急等待！

阿呆：阿骑，火鸟他们说与你失去联络了，怎么回事？速回电！

你再不开机，他们要报警处理了！

……

在冰天雪地的世界里，我停下车，看着短信，眼眶逐渐雾气弥漫，心里一阵无以言表的感动。全都是好友们关心的短信，火鸟与玉儿的短信最多，他们担心坏了吧。他们也不知道119道班会没信号的。我立马耐心逐一回复短信：放心，我没事，只是119道班里没有信号，信息发不出去。

你这臭小子，担心死我们了，我们还以为你出了什么事！要不是玉儿拉着我，让我理智点，我早就报警沿途找你了！

没事就好！

我们在理塘等你。

理塘见！

昨日爬剪子弯山时，QQ里有数条消息提醒，都是在二郎山碰到的自驾拼车旅游的广州驴友发给我的。他们的车在剪子弯山山腰与我迎面而过，因为不知道我的手机号码，就马上发QQ信息提醒我垭口在下雪，需要多多注意。当时手机一直没有上网，今日上手机QQ才看到，很感动。即使是萍水相逢，他们也很关心我，一路上都注意着我的去向。

在路上，就是有如此多关注着你、关心着你、关怀着你的陌生人。

就是因为有你们，我才能一直坚持。冰寒的天气，冰寒的空气，这些却能一直温暖我的心。

翻了六座矮山头，到达卡子拉山垭口，海拔4718米。据说实测海拔4429米，估计海拔被官方人为标高了。此处，因海拔较高，树木更加稀少，主要是高山草甸。在此地望向远方山景，层峦叠嶂，一层比一层更远，一层比一层颜色更浅，直至天边，如同行走在“天路”之上。

翻越卡子拉山时，雾气开始散去，空中的云彩开始多了起来，一会儿是洁白无瑕，一会儿是幽暗迷幻，瞬息万变。或许，

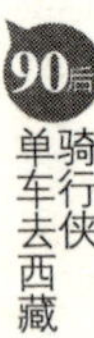

只有在她的怀抱中，才能感受到这美幻的景色。

卡子拉山说起来是山，但却感觉不出它是山，好像是到了美丽的牧场，让人心旷神怡。山上的美景让人流连忘返。

山有多高？天有多蓝？

不知道，我只知道尽我所能地记录下来。

在经过158道班这段路时，很庆幸，我没有遇到打劫团伙，小小地感叹下，人品真好！希望明日经过海子山打劫频繁区时，我能如同今日般顺利经过。

经过红龙乡，在我休息吃些压缩干粮的时候，遇到了一个腼腆小孩。那藏族孩童很羞怯地走到我身边，他并不是向我讨要糖，也不是讨要钱，而是用乞求的眼神望向我问道：“哥哥，你能不能给我些铅笔？”

听到这句话的一瞬间，我怔怔地望着他那双纯净的双眼。顿时，我的心好像被什么东西狠狠

地撞击了一下，痛彻心肺。

模糊的眼眶在发热。在他们这个年纪时，我把所谓叫“铅笔”的东西只用了1/3，就当做垃圾扔掉。

我默然不语，在踏车离开时，我对他充满歉意地道：“哥哥没有铅笔。”

黄昏时分，到达“世界高城”——理塘！

理塘县城，海拔4014米，是藏语：“理”意为“铜”，“塘”为“坝子”，即广阔坝子犹如铜镜。理塘县是一个风景秀丽、人杰地灵的地方，这里被人们誉为“中华高城、雪域圣地、草原明珠”。

理塘的藏族人民服饰美观大方、色彩艳丽、搭配恰当、独具魅力。据说因季节与环境的不同，会变幻出风格各异的耀眼光芒。由于受生存条件和自然环境等多方面因素的影响，藏族人民对自身的穿衣打扮有着独特的文化视角，其服饰最贴近大自然。男子服饰尽显沉稳雄健、彪悍质朴、豪放刚毅的气魄。妇女装束衬托朴素庄重、温柔贤淑、风情万种的柔美。尤其是理塘藏妇的发饰，相传为格萨尔王妃子“珠姆”路经理塘时所流传，妇女们

发辫皆为若干条弧形披于背后，间用彩色丝线相连，并以金银饰装饰，给人以古朴庄重、厚实豪放之感，极富地域特色，在藏区独一无二。

“啊！痛啊！”我忍不住大声哀号。火鸟在酒店门口与我碰面后就来了一个用力的熊抱。

“臭小子，119道班没信号不会提前通知我们啊！搞得我们担心死了！”火鸟语气凶恶地教训道。

“大哥，我也不想，我也不知道道班会没信号。”

“算了，咱们去吃饭吧。”

在房间里还有一人，经火鸟介绍，原来是背包半徒步的驴友——阿健！

他准备往尼泊尔走，穷游独行背包客。一路他基本上是搭车过来的，很有梦想，是一个很有毅力的人。今晚，他将去拉萨货运站找便车，碰碰运气看能否搭上。

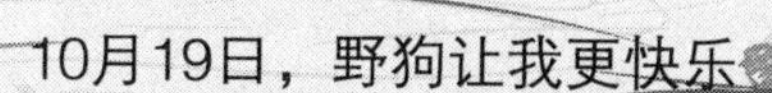

10月19日，野狗让我更快乐

理塘——巴塘（187公里）

里程碑：829公里

距拉萨：1325公里

在高原上，我有机会看到最纯粹的黑夜。高原上的每个夜晚都黑得纯粹。黎明之前那一瞬间是最黑暗的，黑暗的夜幕被晨曦缓缓地驱散，天际渐渐变得透彻的蓝空旁出现一片绚丽的霞光，我推车出酒店门口，抬头就看到如此景象。

早晨的天空如此美丽，这让我相信，今天绝对是美好的一天。

路旁的指路牌标注着：巴塘193公里。我把当日骑行目的地锁定在巴塘，这意味着今天我将会突破单日最长骑行纪录。为了赶时间，我简单地在理塘城里吃了碗牛肉面就出发了。这次依然是我独自出发，好在我早已习惯了。对自己而言，一个人孤身上路并不可怕，可怕的是在“美色”面前我只能选择自拍。

这不就是人生一大杯具吗?

别谈杯具还好，一说起杯具，杯具还真的来了。

骑车一路踏出理塘城区，我就在西城门口自娱自乐地哼着连自己都听不懂的调儿，悠闲地在和煦的阳光下慢骑，两边是宽旷秋

黄的草原，高原上天地相接，蓦然发现与天空竟然可以如此接近。

“汪！汪汪！”一阵惊雷般的轰隆巨响在耳旁骤然爆发，一群野狗的吠声此起彼伏。

脑袋一阵眩晕，我突然间愣住了，看着路旁蹿出的一群流浪狗疯狂地朝我奔来。

“我的妈呀！”

片刻后我终于反应过来，拼命地蹬脚踏。一、二、三、五、六条？一群大小不一、颜色各异的野狗紧紧追赶。流浪狗身手敏捷，快如闪电，很快就接近车尾驴包。

“我靠！藏区的狗怎么跑得比兔子还快！”心底诅咒着这群野狗，但手脚万万不可慢下来，手脚并用，紧握副柄，脸憋得通红，腿部一阵加强发力，翻过一小矮坡，顺畅下坡，将那群野狗远远地抛到车尾。

“汪汪汪汪！”我朝着它们挑衅般地吼叫，当然要刺激刺激下它们，不然怎么解气，人生中还第一次被那么多狗追。

“小样儿，想咬我？还早着呢。”

今日理塘天气晴朗，云淡风轻，我一路上基本都是沿着一条发源自海子山的无名的美丽小河前行。沿途经过非常美丽的毛垭大草原，牦牛群、羊群、马群与牧牛人在毛垭大草原中安逸地生活着。我用几分钟时间，停下来分享这份安逸，轻轻躺在宁静的秋黄草原之中，一阵轻风沿着河流随波逐流，吹拂在我的脸上。

生活，就是如此享受。这几分钟我丝毫不怀疑，自己就是一个幸福的人，拥有阳光和流水，在这里从不用担心有人跳出来打搅自己的美梦。

路过毛垭大草原，再前进了大约20公里，我的骑行已经正式进入今天的节奏。这时，一辆面包车从我身边急速呼啸而过……火鸟光滑的脑袋又从车窗里探了出来，大声呼喊：“阿骑，加油！”

望着在我身旁扬起一片灰尘后渐渐远去的面包车，咬牙切齿地暗想：小火鸟，等着哥，明天就能会合一起骑行了。

我终于知道为什么理塘到巴塘路段打劫那么猖狂了，因为这一带全是荒无人烟的平坦道路，半个小时才经过一辆车。换了是我开摩托车在此地落草的话，看到落单踩单车的也会冒出干一票的念头，毕竟沿途没人或车会经过，肯定“安全”得很。

这个场景有点儿像是电影中突然出现的拦路打劫的镜头，猛然，我心底忽然一颤，感到了一丝寒意。

仿佛置身在亘古极寒的雪山巅峰处，炙热的炎阳在一瞬间悄然绽放而开。那是我见过最美的笑容，真的！即使那人是一壮汉。

我缓缓地向驾驶窗口靠近，向司机大哥露出自己认为最友善的笑容，并一一禀明状况。开始时，司机大哥并不想载我，但我告知会付款后，他顿时绽开笑容与我谈好价格，让我把“红颜”扛上面包车。我准备搭车到前面的海子山垭口附近下车。车上除了司机，还有他妻子与一儿一女，难怪被我拦路时底气不足，原来有家人在车上，拖家带口的真是不容易。

车子开了不到5公里，一拐弯处，我见到那辆摩托车上的两人在路旁抽烟。避过一“劫”，劫财倒是不要紧，若被两个壮汉劫色的话，那我可还真会想不开。

车上司机的女儿非常可爱，就是顽皮了些，在车上窜来窜去，待不住。给她们拍了几张照片，她们看到后很喜欢。我要了司机大哥的手机号，晚上发彩信给他，算是报答他一载之恩。在海子山垭口旁下车时，我把大多数零食都给小女孩了，她高兴得见牙不见眼了。

在山垭口下车后，我继续骑行。经过数公里艰辛的爬坡，我终于到达传说中的海子山了。

海子山平均海拔4500米，最高峰果银日则海拔为5020米，共有1145个大小海子。规模密度在我国是独一无二的，故名海子山。海子山位于理塘与稻城两县之间。

海子山藏语全称为“夏学雅拉嘎波”，意为东方白牦牛山，是我国藏区四大神山之一。该山地跨道孚、康定、丹巴三县，西北面与塔公草原相连，形成雪山与草原交相辉映的壮美景观。

和煦的阳光从天际中倾洒而下，雪花在阳光中缓缓飘荡。没错，阳光中还下着雪，驴友们大多都经历过，在高原上的短短时间内体验到四季的天气。如果你运气好，一个上午便能体会到春夏秋冬四季的轮回。而我的运气也不错，过了山口，便开始了89公里缓下坡的骑行。

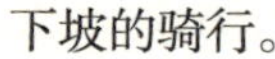

离开垭口下山约2.5公里，我看到海子山主峰雅拉雪山映衬下的姊妹湖，湖水碧蓝如同宝石般镶嵌在山间。阳光照耀下，湖水碧粼闪闪，令人仿佛置身在如梦如幻的世界。这是路上最放松的时刻之一，我静静地在湖边待了半小时，才满意地

拍到阳光透过云层弥漫在姊妹湖之景。

赏完姊妹湖，接下来的路就不那么好走了。看来，今天还真是祸不单行，难道俺就是传说中的“倒霉蛋”？

在距离巴塘还有30多公里的路途中，望着眼前弥漫一片的沙尘，我不得不小心地放缓呼吸，以免吸入沙尘。

“轰轰轰轰！”左边山口发出一阵震耳欲聋的咆哮。

“咔咔咔！”一块人头般大小的石头落在离我不到半米远之处，一股冷汗从后背冒出。差半米我就能下去见爷爷了。

我像见鬼般快速后退十多米，还差点儿阴沟里翻船了。前面的道路被堵住了，小车、大车、摩托车、单车、行人都过不了，这时只能静待山头爆发后的平静。将近一个小时后，山上才逐渐恢复平静，仅有缓缓流动的碎沙石滚落。见此良机，我留意着山头的石流落下轨道，手脚并用，快速推车冲过，果真是跑得比兔子还快。

骑行川藏线风险有四：狗、高海拔、风雪、危险路段。这是我总结出来的，众多驴友都赞同我的观点。

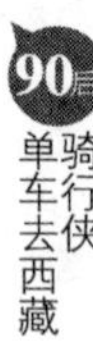

越过险处，继续骑行，20多公里的路上还算顺利。到了巴塘的地界，我怔怔看着眼前的巴塘门匾：中国弦子之乡——巴塘欢迎您。弦子，是藏族人民十分喜爱的一种民间歌舞。在藏区，一提起弦子就会不由自主地想到巴塘，因为巴塘自古以来就被人们誉为“弦子的故乡”。2000年5月，国家文化部将巴塘县正式命名为“中国民间艺术（弦子）之乡”。巴塘是藏语译音，意为“绵羊巴塘县声坝”，含吉祥之意。巴塘县驻地，原是绿野中开的一片草地，放牧牛羊，到处一片“咩咩”叫声，藏语“咩”即为“巴”音，因而以声音定地名，取名“巴塘”。

终于到了！

今天还真是波折重重，差点儿被狗咬，差点儿被打劫，差点儿被泥石流砸了。运气还算不错，只是在垭口遇到一点点风雪，骑行的路上体力消耗倒不是太大。

有点郁闷的是，我在巴塘的客栈和玉儿、火鸡两人会合后出去吃饭时，停电了！在漆黑的巴塘街道上闲逛，我们两眼一抹黑，什么景什么光都看不到，因为高原上的夜晚实在是比内地沿海灯火通明的夜市纯粹多了，漆黑一片，我们只得打道回府——睡觉。

唯一的安慰是，从明天开始，就是真正意义上的三人骑行了！结束独自骑行的日子，我的新旅途就要开始。

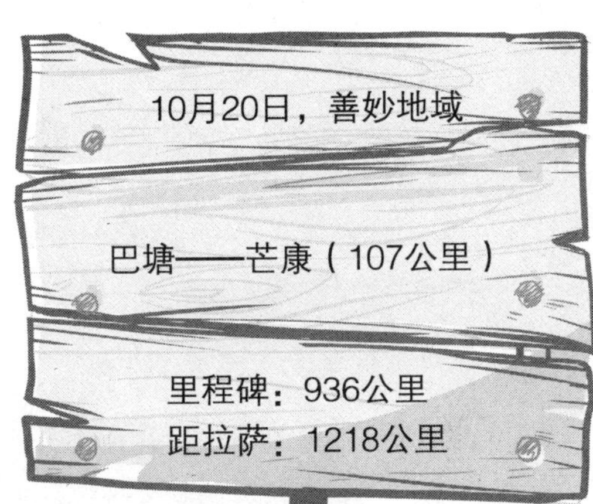
10月20日，善妙地域
巴塘——芒康（107公里）
里程碑：936公里
距拉萨：1218公里

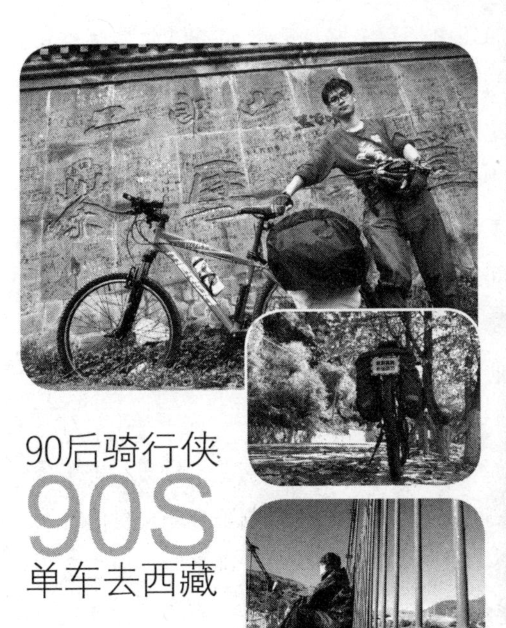

缓缓地睁开仍在睡梦当中的双眸，轻轻朝隔壁床喊了声，让他们起床，然后我继续睡觉。每次我都会赖床赖到最后一刻才快速洗漱装车，我的理由是在上路前充分储备体能是有益无害的。在时间安排方面，玉儿早上起床后需要花费的时间是35分钟左右，而我需要花费的时间连10分钟都不到，这是值得窃喜的。因为我把常用物品都放在蓝色大驴包里，小驴包就装不常用的物品，如修车工具、压缩饼干、雨衣等。所以每次我只提一个大包进客栈房间就可以了，装卸方便，省很多时间。玉儿每天都是嫉妒地重复着："最晚起是你！最快也是你！"呵呵，一张一弛，适当地让自己的身体休息下，我愿意把这个理解为懂得享受生活。

出门在外，为了节约资金和降低危险，与驴友拼房、拼车是正常的。但，男女拼床可就不正常了。在外与陌生驴友拼房时，请注意个人物品。虽然一般驴友们都绝不会"那个"，但毕竟该注意点儿的还是要注意的，不要让不必要的细节影响到你征战川藏线的激情和决心，否则是很让人泄气的事儿。带着怒火上路是危险的。你很可能会失去冷静，无法控制速度，或者反应速度变慢，恍惚中，一个下坡路就直接滑到悬崖下去了。

到了告别赖床的时间，我艰辛地从二楼房间里将“红颜”抱到雪域客栈门口，恰好迎面碰到一个年轻的背包客，将近80升的背包占据了他的半边身躯。他纤弱的身子似乎蕴含着无尽的力量，憔悴的脸上露出兴奋的笑容，因为，他也发现我们了——就像一个江湖人士寻遍天下高手，孤独求败，此刻终于遇到臭味相投的人了。

他脸上流露出一种属于年轻人的活力，那是一种属于青少年的朝气，那是一种花一般的年华。我突然想起某女生写过的一句：“我会在那年炎热的夏天，穿着宽松的蓝色大T恤，背起比我身子还大的背囊，远离这个熟悉的城市，孤身踏上陌生的路。”

背包客，用脚步丈量世界，追梦不止，行者无疆。或许，他们都是属于这一种人，他们爱路上的感觉，他们爱异地的流浪，他们爱险地的激情，他们爱巅峰的呐喊，他们爱向往的追梦，他们爱无拘无束的空间……或许有一天，我会追上他们的脚步，背包踏上孤身流浪之路。

就这样，我们在雪域客栈门口与克洛斯邂逅了。简单地在客栈门口处吃了些干粮与水果，与操着一口天津口音的克洛斯有一句没一句地交流着。原来他是如阿健一般计划经拉萨去尼泊尔徒步的背包客，这次恰好在这儿停留休整。时间在我们愉快的交谈中悄然而过，我们该出发了。克洛斯拿起他的相机让火鸟帮忙拍摄，简简单单地与我合照了一张。匆忙离开后才发现没有留下任何联系方式，这让我有些惋惜，毕竟在10月份的藏区遇见驴友的概率较低。夏季遇到的驴友有很多是喜欢喝着冰冻可乐上路的跟团旅行者，他们没有背包客这样的风度和气质。

我们上路出发，在即将骑出巴塘时看到一块指路牌：拉萨——成都。我们小小地兴奋了一下，然后站在路牌前拍摄留念，这对我们来说有新的意义：在13天的骑行中，终于见到拉萨的指路牌了，让我魂牵梦萦的拉萨城，此刻我能感觉到你就在离我不远之处。

出了巴塘，不久就能看到往拉萨方向磕拜的朝圣者。

这些前往拉萨朝圣的叩拜者，在高原上的白云与苍山的背景下，身影显得岑寂而清晰。他们双手合十，一路上走几步就停下虔诚地跪拜磕头，整个身子就这般与大地相连，默默地念一声，再起身继续重复着仿佛永无止境的朝圣之路。

磕长头匍匐在山路，不为觐见，只为贴着你的温暖。

朝圣者的脚步永远都是匆匆，无声无息，他们就像是行走在青藏高原上的云朵，有着清净的内心。

他们有的人生平从未去过拉萨，布达拉宫也只是一个传说。不过他们丝毫不怀疑自己朝圣之路的神圣，每天天不亮就赶路，夜晚露宿道路旁、山谷中。朝圣者往心中的信念走着，往心中的美好天堂走着，我希望我的骑行也有这样的精神体验。

前往拉萨朝圣，三步一叩首，一声佛号，这对朝圣者的体力是极大的考验，远比我骑自行车艰难。也许，就这样走着走着，一颗脆弱的心脏骤然停止跳动，埋葬在这没有完成的朝圣之路上……所以，朝圣之路是虔诚之旅，也是艰辛而危险的。

我心中对他们升起无限敬意。需要怎样的信仰、怎样的意志才能坚持？

骑行路过他们身旁时，我们都会送上默默交换的祝福："扎西德勒！"这样的祝福让我心生勇气，能够战胜突然袭来的寒冷。

沿着将近枯涸的巴河缓缓前行，终于到达传说中的金沙江与巴河汇合处。两河交接，染成两色一河的神奇大自然景观。当我们非常兴奋地拍摄留念时，一辆破旧的大货车从我们身旁缓缓经过，驾驶室内一人倾身透窗伸出手卖力地挥摇。经过火鸟毒辣的鸟眼观察，认出那是阿健！那可怜的娃儿搭的货车在巴塘坏了，在巴塘痛苦熬候了一晚上，刚修好货车不久后出发就与我们擦身而过。

告别巴河，沿着生机勃勃的金沙江悠悠骑行。这段路程比较轻松，我们还不时蹦到江岸边玩耍拍摄。金沙江的沙石如海滩的沙子般细腻柔软，我们在金沙江岸边足足玩了将近一小时。

金沙江发源于青海境内唐古拉山脉的格拉丹冬雪山北麓，它在江达县和四川的石渠县交界处（江达县邓柯乡的盖哈河口）进入昌都地区边界，经江达、贡觉和芒康等县东部边缘，至巴塘县中心线附近的麦曲河口西南方小河的金沙汇口处入云南，然后在云南丽江折向东流，为长江上游。

金沙江是川藏的界河，两省以金沙江的江心线为界。可以通过的大桥有新旧两座，两桥相距不过几百米。我们从新桥上准备骑行而过时，马上被把守的武警拦下要求登记身份证。川藏交界大桥上有分界标志，过了大桥就是西藏地界，桥两头都有武警严密把守，严禁照相。

我们蜗牛般缓缓爬行而过大桥。在经过分界标志时，火鸟帮我们偷偷地用卡片相机拍了一张。我们过了桥后，兴奋得蹦了起来，我们终于到藏区了！准备离开大桥时，又被这一头的武警拦住了。我们有点愤怒地问明状况，给的回复是："两边都要登记身份证，那一边登记的是属于四川的，这一边登记的是属于西藏的，是不一样的！"

我们好不郁闷地乖乖上前登记。

火鸟在离开大桥时，意味深长地道："如果战争时期，敌人第一件事就会把这座桥炸了。"确实，这桥对国家的重要性是不容置疑的，我们也理解武警。

在川藏交界大桥登记时，火鸟不停地扔一些压缩饼干与花生米喂武警驻守地养的几只狗。待我们登记结束后离开时，其中一只挺可爱的小狗一直紧跟我们，即使火鸟不停地扔石头大声咆哮，它也无动于衷，任武警们如何召唤它都直接无视。最后，武警无可奈何地小跑过来把小狗给硬抱走了。

看着武警笑着抱走小狗，我们也满脸笑意，总算小小地出了口“恶气”，一时间心里充满了喜悦。

离开大桥约五公里后经过一小隧道时，玉儿仿佛用尽全身的力量呼喊而出：“老公，老公，我爱你！”

火鸟笑呵呵简单地应道：“听到了。”

骑行侠垂头丧气地插嘴道：“我被刺激到了。”

真的被刺激到了！

被他们的爱情刺激到了，

被他们的浪漫刺激到了，

被他们的真挚刺激到了。

在阴暗的隧道里，听到的仿佛不是甜言蜜语，而是属于火鸟与玉儿真正的爱情心声。穿过短暂隧道的那一瞬间，柔和的阳光透过高处不知名的绿树枝叶倾洒在他们身上，整个世界的时光顿时变得无比缓慢，时间匆忙的脚步仿佛已停留在这片空间。深情的双眼彼此静静地对望着，柔情千丝万缕，深邃的眼眸里闪过一抹特殊的色彩，两人平凡的脸庞渐渐放大，最后定格在这只有黑白颜色的世界，勾勒出一幅唯美的

画。

身后黑暗的隧道里似乎回荡着那仿佛永恒不熄的声音："爱你……爱你……爱你……"

这是恋爱中的女子，其实她们要的很简单，不用昂贵的钻戒，不用华丽的衣裳，不用LV名牌手袋，不用上百万的汽车。

她们是小女人，她们的虚荣心就如男人的自尊心一样强，她们很愿意成为朋友羡慕与嫉妒的对象。她们就是小女人。

玉儿就是这种女人，简简单单地爱一个人，简简单单地与爱同行。没有名贵的汽车，没有昂贵的装备，有的只是一只火鸟。

能有多少人愿意陪你骑行川藏？又有多少人值得你陪骑这充满神秘与艰险的川藏线？

能与相爱的人做自己爱做的事，幸福，就是如此简单。

浅谈爱情。问世间情为何物？——废物。

爱情，是刻骨铭心的。爱情，是无法释怀的。爱情，是非你莫属的。

曾经有一电台主持人说过："大一恋爱是最佳时期，为何？因为大一的女生比较单纯，被社会感染、影响的比较少，没有

很现实的价值观和社会观。到了大二的时候，一般女生会渐渐地被社会同化，看着师姐的男朋友给买名贵的香水、昂贵的饰品，名牌汽车接送，而自己的男朋友只是一穷二白踩着辆破单车的穷青年，此刻经得住考验的，或许就能圆满毕业了。”

有女生说，女人想找家境好点的，就是为了以后的日子会好过点，以后的日子可以幸福点。

还有一句是这样说的：女人啊，你会选择一个最爱你的人，还是选择自己最爱的人？

有一个女朋友说过：“跟最爱的人谈一场轰轰烈烈的恋爱，然后找一个爱自己的平凡人过一辈子。”

那么，你会如何选择？

想起郭敬明写过的一句话：没有物质的爱情只是虚弱的幌子，被风一吹，甚至不用风吹，缓慢走几步，就是一盘散沙。

踏入西藏界之后，我们的藏区骑行真正开始了。沿着上好的柏油路往芒康方向前进，望着成群的山羊在路旁屁颠屁颠走，童心骤然大起，狠狠骑车向前追赶并作恐吓状。

“嗖”的一声，神马神马神马？连它怎么蹿上路旁的山上我都不知道，因为速度快得眼睛都反应不过来了。藏区的山羊与黑猪奋力奔跑的时速大约是40~50公里，所以各位骑士就不用浪费力气去追了，它们跑得比您还快呢。

从大桥出来后就是将近53公里的缓上坡，让人感到无比的压抑与无奈。刚开始时还能保持在大约每小时15公里的速度骑行，到了后面20多公里，玉儿终于体力跟不上了，以时速10公里左右渐渐落在最后。火鸟是真正的东北纯爷们儿，身为武警，性子刚烈豪爽，见玉儿跟不上了，开始会等待并多多歇息，到后来见时间飞逝而过，担心今晚会夜骑而着急起来了。他叫玉儿加大马力用5~6挡保持时速18公里骑行，但迟迟不见效。火鸟急性子的老毛病又犯了，与玉儿吵了起来。

缓上坡，只要保持好变速（单车变速，前三后五或后六）的节奏就能快速骑行了。让自己习惯使劲儿高速骑行，而不是轻松地（单车变速，前二后四）不费力骑行，因为轻松骑行会让你浪费更多的时间和消耗更多体力。骑行速度和挡位要根据自己的体质而定，实在不行也没办法。一般情况下，我的体质爬陡坡都是达到上坡时速8公里（单车变速，前二后二或三）。

玉儿仿佛与火鸟斗气般使劲儿骑行，渐渐地跟上大伙的脚步，精疲力竭到达

距大桥53公里的海通兵站，码表里时间停留在17:06。从海通兵站开始再向前走就全是烂土路了，然后至宗巴拉山口有17公里的上坡，前6公里是缓上坡，后11公里是陡坡。如此计算，不含半途休息时间，我们上坡速度平均为一小时6公里，那就是说至少我们要骑行三个多小时才能到达目的地。秋冬的藏区晚上7点半天就已经黑了，夏天的藏区是晚上9点多才天黑的，这也是10月份骑行车友少的一大缘故。宗巴拉山垭口距芒康的县城是9公里的烂路下坡，夜骑下坡约是一小时9公里，那共花费的时间就是四小时多，也就是需要9点多才能到达芒康县城。这样的路程和当时的体能状况，算着算着我自己就有点晕了，因为这样的计算是以一直坚持骑行不加休息的时间为准的，中间如果遇到问题，折腾到半夜也是很正常的。

在骑行川藏之前就听各位前辈说过，不到迫不得已千万不要夜骑，川藏线夜骑的危险性很高。没想到，第一天踏入藏区就要夜骑了，难道这就是传说中的人品问题？早知道今早就不在金沙江玩闹那么多时间了，早知道就不在路途中歇息太多了，早知道……

呵呵，这时我不禁自嘲："骑行侠，你若有早知道，都不知中了多少双色球了……"

在海通兵站门前的小卖部吃了碗泡面并补充了些粮食。在吃面的过程中，小两口又发生了小矛盾，事因是火鸟想玉儿尝尝某零食，而玉儿却坚决不吃，俩人就这样为了些零碎事大声吵闹，大有一言不合就打起来的架势，难道这就是恋人间的“情趣”？或许吧，因为不到一小时，他们又如蜜糖般粘在一起。

有时候，并不只是唯女子难养也，而是唯男子难侍也。

前方又见朝圣者！

离开海通兵站刚出发不久，不远处等我们的火鸟正在挥手，与玉儿停在火鸟的身旁时，就见旁边的一群朝圣者向我们友善微笑，并示意我们坐下休息。据火鸟详细讲述，他们是往拉萨方向而去的朝圣者，一个家族约二三十号人，男女老少全体虔诚地踏上朝圣之途。据火鸟详解报道，朝圣者如果资费不足，他们会将自己所有的家产变卖，用所有钱去朝圣，从万水千山而来，经千山万水而到后，会将剩余财产的一半捐赠出去，剩下的就回家继续生活。在他们的心中，能成功坚持朝圣到信仰之地，内心就会有超越凡俗的安宁与升华，如“功德圆满”四字所描述的境地，便是他们生命中的灵魂目标。

他们搭起了蒙古包般的白色大帐篷，在营地旁建炉

烧柴煮饭，热情招待我们三人。火鸟也热情地翻出从3000多公里外的广州城带来的“皇上皇猪肉干”与他们分享，但他们得知是肉食后婉拒了，因为他们是食斋不食肉类，最后仅仅收下了一些糖果。我很喜欢以这样的方式与当地的藏民聊天，没有身份之别，没有信仰之别，与他们挤坐在暖暖的火炉旁，聊着各自的故事与来历，微笑告别，带上对方的祝福往各自的信念之所而去。

距离宗巴拉山垭口还有11公里的时候，经过一个小村庄，此时太阳已经落下，天色已暗，随着西边天际的晚霞缓缓消散，整座宗巴拉山脉仿佛进入另一片未知空间。玉儿眼中闪过一抹担忧，悄悄向火鸟问道：“不如我们就在这小村庄借宿好了，不要赶夜路了。”

“没事，我们最多就夜骑一小时罢了，很快就过去了，小玉再坚持一下。”火鸟在安慰玉儿同时，似乎也在安慰我。

“夜骑很容易出意外，我们明天早点起床赶路吧，这样安全一点。”

“哪会有那么多事。阿骑你在最后收尾，我前头，小玉中间，不要分散，要紧跟上，有问题呼喊。”玉儿仍然想再努力一番时，被火鸟的一连串命令果断否决了。

随着时间悄然流逝，月光高悬天际为我们照明，淡莹白的月光倾洒在整座宗巴拉山上。我们的心仿佛也随之安定下来，为了节约电筒的电力，仅由前头的火鸟开着前车灯开路，我们紧跟着火鸟快速在烂路中骑行，玉儿仿佛爆发了般精力充足，没有落下丝毫一分，使我们整体速度提高不少。

一个半小时之后，我们预想应该到达的宗巴拉山垭口却遥遥无期，月牙色荧光不知道在何时已经消失，漆黑的星空被稀疏的乌云笼罩着，露出零零碎碎不知距我们有多少光年的恒星。前方的路仍然一片深邃漆黑，似荒古凶兽张开巨口匍匐在前方等待着我们的前进。

“走吧，我们过去探探，敌不动我先动。我们悄悄摸过去，不要发出声响。”

火鸟说着就拉了我和玉儿轻轻推车靠前，越靠近距灯光消失的地方，心就越不安。漆黑寂静的山路中推行听到的不是脚步声，而是自己剧烈起伏的心跳声。当我们到达灯光消失处时却寻不到任何一物，那一点灯光像未曾出现过一般。我与火鸟仔细搜寻了周围的每一寸土地，毫无发现。

藏区入夜后，温度会骤然下降，与白天温度犹如天壤之别，尤其是高海拔山口更是冰冷。刺骨的冷风从我脸庞吹拂而过，一股淡淡的冰气深深吸入肺中，一种难言的灼痛让自己顿时清醒不少。我们在如冰窟般冰寒的宗巴拉山中紧急商议，最后得出结论：撤！不往原路返回骑行，因为不知道返回这一个多小时的夜骑中会遇到什么，也不知道在这漫长的夜路中能否找到住宿点。经过再三商议，我们决定等！准备搭上路过的车辆。

现实总是杯具的，苦苦等来一辆卡车准备拦时，那司机却疯了一般狠撞过去。如果我反应再慢一拍，躲不开撞过来的车，真可能就在那里长眠了。

时间仿佛减速般流动，度日如年般将近一小时过去了。过去了两辆往芒康方向的车，无论是面包车还是大货车，皆是毫不停留地绝尘而过。

不远处泛起两束光线照亮了山路，仿佛再次点燃了我们的希望，给我们带来一丝光明。玉儿越等越着急，看着车辆逐渐靠近，就这么连人带车推行到中间，大有你敢你就给老娘撞过来的气魄。车辆估计发现我们了，缓缓减速着靠前，副驾驶位的中年男人拉下大半车窗向我们喊道：“什么事啊？”

终于有一辆车肯停了。玉儿向前将事情仔细交代了一遍，中年人观察我与火鸟后，犹豫了一会儿就答应了。玉儿喜极而泣，我们的心也放下了一半。火鸟把藏起来的东西找回，众人就把车辆抬放在车后。上天还是庇佑我们的，我们拦住的是一辆小皮卡，有足够的空间堆放我们的车辆。车里有四个中年人，我与玉儿被火鸟安排坐在后座，而他在车后抓牢车辆并观察状况。此时，我的好奇心大起，爬上车后厢与火鸟半蹲抓紧单车，却被火鸟狠狠骂了一顿：“我让你进去就是怕里面的人有不善举动。你要照应小玉。”

没有想到火鸟此刻还留了个小心眼，而我也没有后悔的余地了，因为，车辆已经缓缓开动了。

这情景，我想或许就见不到明日的晨曦了吧。想着想着，我心中一片怒火，鬼使神差般站了起来想咆哮挑衅他们，以解一时之气，却在站起的那刻被火鸟牢牢抓紧并按下警告：“给我蹲好！别招惹他们！”

忍受了15分钟的颠簸，终于到达芒康县城路口。准备进去时，却被守门的警察给拦住：“下车！你们干什么的？你们都过来给我登记身份证。还有你们，这里没有你们的事了，你们可以走了，他们在我这里会很安全。”其中一个警察把我和火鸟喊来后，对司机他们说道。

“但是……”玉儿说到一半时，我与火鸟在用力扯她背后的衣服。

火鸟将单车轻轻扛下车

后，走到驾驶室硬塞了半包烟给司机，并对他们道谢告别。

我在网上看过一部外国电影里面的男主角说的话：“当警察对你说，你在我们这里会很安全，那就代表你会受到监视与软禁。当他们对你说，你现在很不安全，我们会将你转移到一个安全的地方时，那代表他们要干掉你。”

而我们登记好身份证后，却被他们派人跟着“护送”到城里最好的旅馆里。

夜晚的芒康，这是我思考最多的一个问题。如果被劫，那么基本上意味着我们要对这次川藏线骑行计划说拜拜了。我的“红颜”估计也会在月黑风高的夜里被掠走，而我居然要在没有抵达进藏后的第一个县城就打道回府，这实在是我不能接受的。好在我们躲过了一劫，现在想想虽然我们乘坐卡车躲过了他们，双方一箭未发，但是那种紧张和焦虑足以让人害怕。在芒康之前的这段路，堪称我们这次行程中第一次真正与危险擦肩而过。

芒康藏语意为“善妙地域”，位于西藏东南部的横断山脉，是入藏后的第一个县城，这里地处川、滇、藏的公路交界处。而我们这个夜晚的经历也确实符合“善妙之地”这个词语的意思，无论如何，现在我们终于可以休息一下了，最危险的时刻已经过去了。

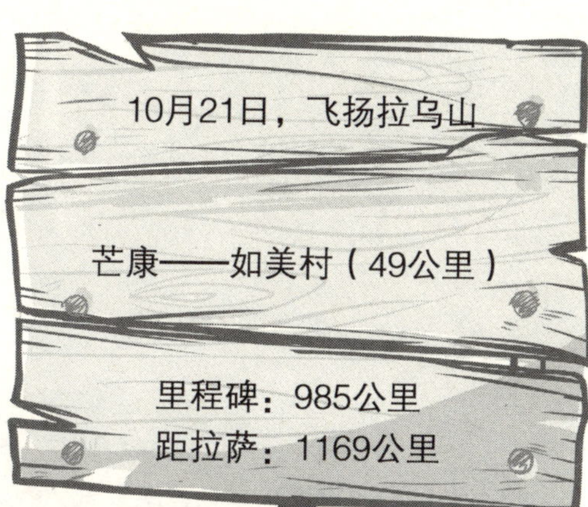
10月21日，飞扬拉乌山
芒康——如美村（49公里）
里程碑：985公里
距拉萨：1169公里

90后骑行侠
90S
单车去西藏

当第一缕晨晖从天际倾洒而下时，我们已经在雪域宾馆门口检查车辆准备出发了。在芒康县城，我们简单吃了些昂贵的早餐。由于芒康道路维修，交通不便，导致物价高涨。小笼包八元一笼，油条三元一根，特别贵！

今日依然天朗气清，湛蓝的高空仿佛触手可及，我又输了一只烧鸡。与火鸟的赌约想必会一直输到拉萨城吧！有如此晴天，一只烧鸡而已，值得！

当年曾经看过一文写道：芒康县是一片充满神奇、灵性的净土，境内有着雪山林立、江河纵横、郁郁葱葱的原始森林，浓郁淳朴的民族风情，金碧辉煌的千年古刹和迷人的自然风光，丰富多彩的民族文化，深奥的宗教文化。

如果你踏上这片陌生神奇的土地，沿着朝拜者的足迹走进那古老而遥远的年代，游览那金碧辉煌的名刹古寺，欣赏那灿烂的文化艺术，饱览那绮丽壮观的山水湖泊风采，领略那雪域高原独特的民风民俗，遨游那一座座冰山雪峰，定会如醉如痴，啧啧称奇。但是，当我们踏上这片陌生神奇的土地时，发生了比文中写的更加“如醉如痴”与“啧啧称奇”的事，不得不让我对这座小城重新评估。无论如何，昨日之悲已逝，今日之喜已临。

柔和的晨曦倾洒在破损的泥土路上，三道纤弱的人影被拖得渐渐细长，恍恍惚惚又似梦幻般虚无。一圈圈缓缓转动的车轮将芒康城远远抛离。在川藏线上，每一天都是如此，你今天留恋的地方，明天就要离开，你不知道前方是怎样的风景在等你，也不能确定自己何时会到达，最好的办法是边走边看。

在出城的时候，我看到贴有一告示，那是修路封闭的通知。该庆幸的是，只在某时段禁止机动车通行，而非机动车则无条件放行。或许，这就是单车的一大好处了，不用担心塞车，不用交过路费。

前面的路逐渐变得陡起来，艰难的爬坡路段又开始了，爬坡几乎成了每天骑行的必修课，而这次我们需要上坡六公里才能到达拉乌山垭口。我们缓缓向垭口骑行，突然，我低头发现路旁缓缓流动的小溪已经结成一层薄薄的冰面，这让我极度兴奋。我拍了几张照片后，捡起石头一块块地砸碎冰面，并捡起碎冰玩耍。玉儿见状不屑地说道：“切，没有见过水面结冰的南方娃儿。”

“还真是第一次见，呵呵，真有意思。”我也不怕他们取

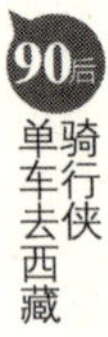

笑，继续玩冰。

“在这片山路中应该有小路可以穿行。抄小路过去，至少不用吃灰尘了。”火鸟眺望远处的垭口方向，凭感觉作出了推断。

众人一致赞同后，便开始抄小路推行了。艰辛推行了半个小时后，回头望向后面的路，发现走过的只是一条短短的山路而已，还不如骑行的速度快。不过在这儿看风景倒不错，远处连绵的山脉层层叠叠，在蓝天白云下一层盖过一层。不远处，硕肥的地鼠正在窜来窜去，玉儿恶作剧般东追西赶扔石头恐吓它们，时而哈哈大笑。我们索性放慢前进的速度，停下来享受这难得的美景。和煦的阳光洒在草甸上。我们躺在草地上休息，一阵柔和的清风轻轻掠过，一种宁逸的感觉浮上心头：如果，就这样一辈子躺在这里，或许，很好。

随着太阳的高升，我们不得不加快步伐，赶在中午之前到达拉乌山垭口。火鸟在前方埋头骑行，玉儿紧跟在中间，我在悠然骑行中拍摄蓝天。藏区的蓝天很低很低，仿佛一抬头便能撞到一般，让人觉得跟天空原来可以如此接近。

当玉儿刚登上拉乌山山腰的一小陡山坡时，那一阵子，那一片刻，那一瞬间，玉儿似乎登上蓝天之中、在晨阳之旁骑行，我顿时看呆了。我猛然一激灵，咆哮道："玉儿！"

"怎么啦？"玉儿缓缓停留在晨阳的旁边，转过身子充满疑惑的眼眸与我对望。

时光仿佛开始静止，我的眼瞳一阵紧缩，脑海中闪过一片仿如已经存在万年的场景，在玉儿缓缓转身的那一瞬间，挥起相机一按快门，"咔！"将这完美无瑕的瞬间定格在这拉乌山的山腰之中。

"没事了，继续骑行。"我向玉儿挥挥手示意。

风景已经留在我们的相机里，继续前进，心里也快活了许多，路上也就不觉得那么累了。虽然沿途吃了不少汽车扬起的浓浓灰尘，却浇不熄我们激动的兴奋感。因为，我们已经顺利到达垭口了。

垭口有一石碑刻印着已被岁月磨灭大半的字体：拉乌山，海拔4338米。轻轻触摸拉乌山垭口的石

碑，手指传来一丝沧桑古老的韵味。它已经耸立在此处，不知经历过多少岁月风霜无情的腐蚀，仿佛它是孤寂的，仿佛它是静默的，默默地扬起它高傲的碑文：这里就是满天彩幡飞扬的美丽拉乌山口。

拉乌山口，我们惊奇地看到了五彩经幡。

“五色经幡”是西藏的一种标志，它是由红色、白色、黄色、蓝色和绿色五种颜色的印有经文的布条组成。“五色经幡”一般被藏族同胞挂在屋顶、湖边或者是高高的山间，是他们用来祈福的。

藏地的人认为：当风吹过经幡时，就相当于将上面的经文念过一遍，代表他们日日夜夜都在诵经念佛，以表示他们诚心向佛的信念。

藏民将五色经幡高挂在拉乌山垭口，让它们就在湛蓝的天空随风飘扬，猎猎作响。在那么一瞬间产生错觉，五色经幡仿佛有灵性一般将藏民的愿望悄然带上蓝天。

当我怔怔在风中凝视经幡时，一阵狂风无情地将我们的曲奇饼干掀落。眼睁睁地看着饼干撒遍山路泥土之中，本来干粮就不多的我们，只好无奈地捡起饼干，拍拍表层泥土继续啃食。“咔！咔！咔！”一阵声响从我口中传出，我还真是第一次吃沾泥土的饼干。在川藏线骑行中，我已经突破太多的第一次了。

在吃完沾着泥土的饼干后，前方是约为37公里的烂路缓下坡。

从垭口下来不久就是一座座放牧着牦牛群的高山，如蚂蚁般的牦牛群在山上尽情地奔跑，犹如在草原上自由奔驰的黑马，令人耳目一新，心里有“谋杀”相机快门的冲动。

在距离垭口约六公里处，玉儿的速度渐渐跟不上了，因为她对烂路下坡有一些恐惧感，不敢如我与火鸟般快速滑行，速度骤然下降到10速。火鸟的急性子毛病再次犯了，细心地教导了玉儿好几遍后，玉儿还是掌握不了技巧，尤其是紧张而导致手脚僵硬，手拉刹车太紧而不敢放得太宽。

火鸟耐不住性子，与玉儿吵闹起来：“你这人怎么就这样，教你那么多次了还不会，手要放松！刹车不要抓得太紧。缓缓跟上我的节奏。”

“我试过了，还是不行。我怕。”

“怕什么怕，有我在，有什么好怕……”

“……”

“别哭了，行不？”

“我回广州，我不骑了，我拦车走，你和阿骑继续。”

“……”

“……”

“……”

火鸟用了一个小时安慰玉儿，我只好停下来一会儿听他们念叨，一会儿自己踱来踱去，看看附近的风景。

“不好意思，阿骑，让你等了我们一个小时。现在没事了，可以继续走了。”他们经过一小时的调和，终于把问题搞定了。

“出发！”

沿着澜沧江峡谷缓缓下坡骑行，我们的速度很慢。澜沧江是中国西南地区的大河之一，是世界第九长河、亚洲第四长河、东

南亚第一长河。澜沧江发源于青海省玉树藏族自治州的杂多县吉富山，源头海拔5200米，地理坐标为东经94°40′52″、北纬33°45′48″，全长4909公里，流出国境后称湄公河，为缅甸、老挝的界河。

一边骑行一边欣赏澜沧江峡谷的风景，我们到如美村时已将近下午4点。火鸟、玉儿和我三人商量后觉得今天大家的状态都很差，不适宜再继续骑行，便在如美的圣水温泉山庄住宿。驴包、“红颜”与“小蓝”（我的大号冲锋衣）已被灰尘覆盖，天色还早，我便将所有东西卸下进行清洗。当我在公用浴室洗澡时，发现已经没有热水了。藏区的旅店为了节约大多是用太阳能的，我无奈地狠狠冲了一次冷水澡。冰凉的水确实很提神，但如无必要还是不要尝试。如果感冒了或者意外发烧，就会对斗志产生极大的瓦解。

窗外的圆月高高悬挂，今晚需要早点休息恢复体力。明天需要骑行到距此63公里的荣许兵站，因为大多是缓上坡，难度非常大。行走过川藏线的人都知道，烂路中骑行简直是折磨！我们需要储备体力，早点到达目的地。经过昨晚发生的事情，我们一致谈好：打死都不再夜骑了。没有人愿意再重温一遍那些惊心动魄的场景。

但是往往事与愿违，而我们谁也想不到的是，明晚就需要再次在夜里赶路……未知的前方我们会遇到什么呢？

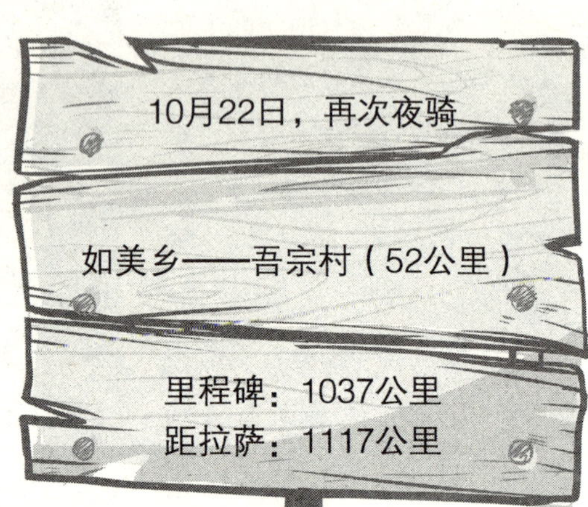
10月22日，再次夜骑
如美乡——吾宗村（52公里）
里程碑：1037公里
距拉萨：1117公里

90后骑行侠
90S
单车去西藏

黄金山脉！

是的，我们看到黄金山脉了，那一片在天际的高山顶端，在淡金色云层中呈现出的一段金黄色山脉，仿如由黄金天然形成的耸立在天地间的山脉，让我们眼睛一亮。火鸟顿时泛起了无数欲念，朝我们笑问："我们干一票吧！"

"但，问题是，该如何搬走呢？"玉儿配合道。

"……"

好风景并不能让我们停下脚步，我们已经计划好要在天黑之前到达目的地——吾宗村。

出了如美村后就开始了漫长的爬坡，全程都是碎石土路，我们的车速很难快起来。我们沿着澜沧江曲折向上，骑行在横断山脉中，缓缓在山间不断盘旋。道路的左边是居高临下的峭壁，飞石会随时落下，需要多加注意；右边是深可见底的澜沧江峡谷，一跌下去就万劫不复了。

哼！我就走中间，这是最安全的，也没有别的选择。

这是一条危险的道路，骑行者必须小心谨慎，以防意外。

我们看到整条道路简直就是硬生生从岩壁中凿出来的，那是需要多少生命才筑建而成的道路？你徒步过的此路，你骑行过的此路，你驾驶过的此路，或许，就在这旁边孤寂的大地里，那些修建这条道路的人就永远地留在这里了……又或许，下一刻在此路的骑行中，被猝不及防的岩石砸落至山崖，成了其中一具被乌鸦叼食的肉粮。

在川藏线途中，有太多的意外，有太多的惊喜，有太多的无法预测，唯有的，就是保持一颗在路上之心。

向前骑行不到数公里，身后传来一阵阵“轰！轰！轰”的声响。

我们迅速往后回望，只见数量拖拉机从身旁缓缓而过，车上的修路者向我们友善地挥手喊道：“扎西德勒，都上车吧，载你们到前面去。”

他们在拖拉机上坐着，没有正规统一的服装，只是身穿便服，身旁堆放着各种修路工具与唯一能给他们一丝安全保障的安全帽。他们仿佛对待邻居般朝我们问候，加油，鼓励。显然他们是这段路线的守护者，是毫不起眼的道路贡献者，默默地铺建着那一寸寸茫茫大地。在我的记忆当中，也有过那么一幕，在那条茫茫大雾笼罩的人来车往的道路中，细雨纷纷随风飘落，身披黄色环卫标志雨衣的老者，雨水与他脸上的皱褶交集在一起。老者在雨中停住清扫杂物的手，不厌其烦地向一年轻人耐心指路后，又继续清扫杂物。尽管那少年倾听数遍后仍听不懂他的语言，但那段场景深深印入脑海，挥之不去。那，是一种感动。

“扎西德勒，不用了，谢谢你们！”

我们微笑着婉拒了他们的好意。无论如何，除非必要，我还是坚持全程骑行。我们骑车走川藏是为啥？不就是来骑车吗？搭车？在城里挤公车、挤地铁还搭得不够吗？

我们蜗牛般骑行在山腰烂路中，在骑行到一无名村庄时愕然发现，此时正是萝卜丰收的时刻。藏民一箩筐一箩筐的，将装得满满的萝卜从山底农田背到山腰旁的拖拉机上。火鸟是东北的，有生吃蔬菜水果的习惯，屁颠屁颠蹦过去打趣问道：“小姑娘，我前世五百次回眸，换来今生与你的擦肩而过，能否卖我一些尝尝？或者我用甜甜的糖果交换？”

仿佛就如诱骗小姑娘的老手，那眼神，那神情，那动作，那语气……

“啊？不，不，不用，不用，你们想吃就拿一些吃吧，不要钱，不要钱。”小姑娘愣了下，被火鸟的话哄住了，直接拿些萝卜免费送上。那敢情好，火鸟果然是熟手，我和玉儿默默在心中向他竖起大拇指。几句话间，就能免费得到萝卜吃了。

村庄的路旁有一栋新建的木屋，询问之后得到主人的允许，我们坐下来，在门口的小木桌和木凳边休整。原来这是修路者暂时的栖身之所。一孩童在旁好奇地观望我们，火鸟将他拉上前，让他坐下吃饼干。那腼腆的男孩说话的语速很慢，小心地与我们交流着。他小小年纪就不读书了，原因是不想读书，家长也无奈地同意了。最后，火鸟对他进行了短短教育：“你！不读书，没钱！我读书！有钱！你不读书！没相机！没手机！你读书！赚了钱！有相机！有手机！什么都有！”说着就把相机和手机在他面前扬了扬。

腼腆的小孩乐呵呵地看着火鸟笑了起来，我想他会弄明白这个道理的。

离开木屋，我们千辛万苦、跋山涉水终于到达垭口了。暴雨之后仿佛就能见到彩虹。我们艰辛到达垭口之后，仿佛是老天爷对我们的认可，轻轻地在蔚蓝的天空打开一道窗口，静静地凝视着，默默地穿越着，清风掠过垭口上的经幡吹拂到我脸上，心灵顿时一片空白。那一刻，恍恍惚惚仿如永恒。是的，这是传说中的天窗，我们在垭口废弃道班前看到了。

从垭口下来就是蜿蜒的山路，忽急忽缓地变幻着。当你在山腰碎石路上一转角，映入眼中的，是一座耸立在天间的洁净大雪山，让人感觉这个世界顿时干净了许多。

缓下坡11公里到达山脚后，再骑行缓平坡4公里到达登巴村。我们准备住宿在唯一的旅店“眉山食宿店”，意外地发现住宿情况极差，房间内弥漫着一股似数周未清洗的袜子味道，而且服务态度恶劣。大家一致商议，继续往前骑行13公里到达吾宗村的“驴友客栈”住宿。

时间刚过6点，加快骑行速度的话，应该可以在天黑前赶到。于是，我们在旁边的小卖部买了些水后，立马出发！

事与愿违，当我们骑行数公里的缓上坡后，就只能以5速骑行陡坡。玉儿体力开始不支，渐渐跟不上了。火鸟分摊了玉儿的大部分物品，而我只分摊了小部分物品，让玉儿保持在空车状态骑行。刚开始半小时，玉儿还没有适应，仍保持不了节奏，速度缓慢，不久就牢牢地跟住火鸟了。

天已渐暗，黑暗开始笼罩整个山区，我们仍使劲骑

行，因为路过一施工地作停留咨询此路状况时，换来的是：“这路天黑后不太安全。”

无奈！昨天才信誓旦旦说绝不夜骑，今天又在夜里赶路了。如火鸟说的一般，骑行在天路，眼睛在天堂，身体在地狱，身不由己。

夜，黑暗，寒风，死寂。

我们尽力加快骑行速度。在伸手不见五指的山路，在寒风轻啸的山路，在荒野死寂的山路，三个人，三辆车，一圈圈转动去追着漆黑夜空的圆月，仿佛永不止步，又仿佛永无止境。

压抑，让人压抑的夜，让人感到压抑的山路。我讨厌夜骑，尤其在藏区夜骑。如果我没有遇到他们，我绝不会单独夜骑，那不是常人能接受的境界。

夜骑，会发生许多无法预测、无法应对的事儿，比如，忽然出现在视线中的四点微弱的灯光，仿佛是在黑暗中肆意耻笑我们的猎人，我们心里猛然一颤。急刹！停车！关灯！三人面面相觑，六目在冰寒空气中对望，目光中闪过一丝恐惧。

空气仿佛凝固了片刻。

远方最后两点灯光仿佛再也禁不住寒风的吹袭，微微闪动了几下，悄然地融入黑暗之中。将近半个小时过去了，毫无对策。远方的灯光到底是什么？为什么在我们关灯之后相继熄灭？是无意路过赶牧的藏民？

火鸟终于待不住了，黑衣、黑裤、黑帽，一身漆黑，仿佛与黑暗融为一体。他将重要物品交给玉儿之后，独自一人悄然贴着路端前去："我摸过去看情况，放心！他们不会发现我的，我会用电筒给你们信号，随机应变。"

火鸟郑重地交代，让我好好看着玉儿。他如远赴战场的勇士，一去不复返般毅然向前。时光一点一滴缓缓流过，黑暗中，玉儿怔怔地望着被黑暗吞噬的山路，那黑得连石头都不存在的空间。夜，如此容易让人产生恐惧；黑暗，使人仿佛失去所有安全感。

心，又被谁给揪起了吗？

远方，猛然亮起八盏橙色大灯，瞬间恍如白昼，划破黑暗，划破空间，而一束微弱的白光在大灯中剧烈晃动……

深邃的夜空，仿佛在吞噬一切的黑洞般悄然扩张，一束微弱的灯光在远方剧烈晃

动，似乎在焦急地让我们赶快离开，似乎在嘶吼着让我们拼命逃离，似乎它也不知该如何表达情况。我们的双脚与大地紧紧相连，仿佛再也无法迈出那细微的一步。失去了火鸟的我们，如同失去了支撑柱的建筑，顿时变得摇摇欲坠，措手不及。

玉儿脸色顿时无比苍白，眼神望着远方的如白昼般的空间，仿佛失去了唯一依靠的孩童，惊惶无助。

啊，天要塌下来了吗？

八盏刺眼的大灯灯光渐渐吞噬了那束微弱的白光，并缓缓地朝我与玉儿靠近。眼前的黑暗逐渐被灯光驱散，灯光在我们的瞳孔中渐渐放大。

“轰！轰！轰！”一阵阵车声响彻耳旁，刹那间，眼前白茫茫一片，光线陡然将此处空间照得仿如白昼。恍惚间，我看到光芒的边缘似乎闪过一片黑影，已经没有时间再仔细回望，因为那灯光仅有不到百米之距。

风，吹到了脸上。

光，仿佛停止了无情的流逝。

两道惊恐的目光瞪着前方的身影，渐渐定格。

火鸟如轻盈的夜猫般敏捷，在深黑的曲折山路上贴地缓行。

漆黑的身体如一滴水融入广阔的大海，连丝毫浪花也不曾溅起。

火鸟精神高度紧绷，他谨慎行走着每一步。不是每一次遇险都能被救。在半个多小时前的夜骑中遇见一辆警车，车上的警察发现了我们，停车摇下窗朝我们急忙喊道："天黑了，你们还不快点走！这条路不安全。咦，还有一个女生在啊，你们还是赶快离开吧。"

玉儿终于受不了夜骑的折磨，向他求救："能否载我们一趟？"

换来的回应却是："不行，有事。"

随着警车的迅速远离，火鸟的目光越发阴沉地喃喃道："今晚的夜骑看来不是很太平啊！"

在逐渐靠近灯光的地段，火鸟将脚步压得很低很低，仿如黑夜山区中飘行的幽灵般。被黑暗笼罩的山路上停放着两辆庞然大物，锈黑的铁皮厢在星空中闪过一道黯淡的微光，驾驶室内空无一人，漆黑寂静无声，仿佛千年已如此般。

既然不是摩托车，那一切好办！火鸟从黑暗中缓缓走出，朝驾驶室喊道："师傅，怎么回事？怎么不走啦？"

里面一定有人！不然这儿怎么会开着灯。

果然！驾驶室的窗缓缓拉下，伸出一中年汉族人的头。

他眼底闪过一抹戒备，朝火鸟喊道："你，你，你又怎么回事！怎么在前面停下不走了！"

火鸟满脸疑惑，咱们不走在前面又碍你大车何事？不过还是耐心回答了："我们是骑单车过来的，看到灯光熄灭，以为你这是摩托车。"

司机在座位上愣住了，随即身体一阵剧烈颤抖，脸上憋现一抹红霞，愕然回首怒视火鸟，仿佛是被火鸟抛弃过的怨妇一般，狠狠地从牙缝里吐出一句："老子以为你他妈的才是摩托车！"

一只漆黑厚实的手臂从黑暗中伸出，搭在我的肩膀上。心里一颤，惊慌回望，映入眼帘的是火鸟那棱角分明带着一丝坚毅的面容。他嘴角微微勾起，含笑道："没事，没事，没事！那是两辆大货车而已。"

呼，一直高悬的心终于可以暂时放下了。一场虚惊，原来只是两辆大货车而已，亏得我们还被唬住了。咦！不对，不对！那他们怎么熄灯不走吓我们呢？

"到底怎么回事？"我指向恰好从身旁开过的大货车问道。同时，玉儿也好奇地望着火鸟等待回复。

"事情是这样的……"火鸟缓缓地将前因后果交代了一遍。

我们恍然大悟，大货车以

为我们是摩托车，看到他们熄灯之后等待打劫。而我们也以为他们是摩托车，在前面埋伏打劫。各自都被唬住了，一直僵持着。

经过此事之后，我们定了一个原则——绝不夜骑！事不过三，至今为止我们已经有了两次夜骑，这是相当冒险的行动。

由于此路存在太多的未知因素，大伙一致商议决定看到房子就敲门借宿。缓缓向前骑行一公里后，见有一小村庄，火鸟便进村子咨询情况。五分钟之后，无奈返回。一路上找了数家，然而没有找到可以借宿的地方。

最后提心吊胆坚持骑行熬到了吾宗村的“驴友客栈”，到达客栈时发现竟然大门紧闭，停业了！

靠！还让人怎么活！巴不得把门砸开进去住宿！硬吼了十分钟后，头顶山腰的一藏民朝我们吼道：“怎么回事？”

道明来意后，那藏民把他儿子叫来开门了，原来这房子就是他的。他们解释这季节游客稀少，9月底就停止营业了。我们路过此地也没有办法了，唯有让我们住宿一晚。不过吃晚饭的时候，需要徒步一公里多才到他们的家。大家现在都饿得头冒金星，不想再折腾了。玉儿更加直接：“我们不如别去了，在这里啃压缩饼干喝开水好了。这样就开始马上睡觉了，不用在外面的夜路折腾了。”众人回到房间后，立刻进入睡梦中……

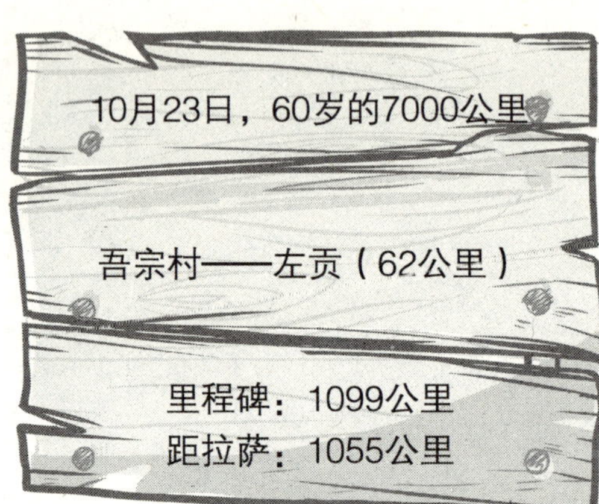
10月23日，60岁的7000公里
吾宗村——左贡（62公里）
里程碑：1099公里
距拉萨：1055公里

90后骑行侠
90S
单车去西藏

这一夜我们就像是夜宿荒村公寓，在一家歇业的客栈沉沉地睡了一个大觉。好在店主是个厚道的人，没有打扰我们，大家一觉睡到天亮。轻揉着惺忪的眼眸，习惯性地推开木窗，蔚蓝天空中的金黄月球映入眼帘。我被深深地震撼了。在山脉的巅峰冒出一截圆月，闪烁着淡淡金光，仿佛梦幻虚构一般。我心中暗想："或许，宇宙太空中的月球也没有如此迷人吧。"

吃过早饭后，告别店主，我们重新踏上无尽烂路之中。旅馆就在东达山脚下，粗估海拔4000多米。清晨路旁的草甸与木房铺盖着一层白茫茫的雪霜，或许，昨晚将水壶放在房外，今天就能吃上冰块吧。

今日的行程是名副其实的跋山涉水。骑行在烂路横渡小溪，许多地方需要涉水而行。其中有两个办法可行：第一种为脱鞋子推行；第二种为直冲而过，不失足还好，一失足就会让你瞬间体验冰寒刺足的享受。

往东达山垭口方向骑行，还有六公里时却遇到逆风，还是超

强逆风！在藏区骑车遇到强逆风，会终生难忘。在外地你很难体会到在下坡路段还要拼命地踩，这就是藏区的强逆风。而我们还是上坡路段，简直就是折磨，简直就要崩溃！很显然，玉儿就成了第一个崩溃的人，下车推行，缓慢顶风而上。

距离垭口不到五公里时，迎面遇到一个老头，骑着一辆有些年头的凤凰单车。那车出世时，我还在前世徘徊呢。老头脚穿一双廉价的墨绿色解放军鞋，手戴白色棉手套，身着军用厚棉大衣，车子前面还挂着两袋垃圾般物品，车后架堆着杂乱的生活用具，满脸的沧桑呈现得淋漓尽致，脸上却带着一丝欢乐的笑容，因为他是顺风下坡的，超级爽！

当他看到我们三人后，刹车止步，与我们交谈了一会儿。他已骑行7000多公里。由于体力不好，他上坡时就靠推行，因为他的车子并无变速。昨晚他就在东达山上露宿一晚。听着他谈自身经历：一路上爆胎无数，换胎无数，不会修车，惊险不断，尤其是在福建不小心跌下水中时差点儿淹死了……这番冒险的经历，让我们三人自愧不如，膜拜，再膜拜，再再膜拜!

骑行川藏，靠的是意志！车子？体质？费用？人家将近60岁，骑着一辆无变速的破风凰，将近捡破烂般骑行7000公里。60岁，7000公里，这是什么概念？

难道，你自认体质比他差？难道，你自认车子比他破？难道，你自认花费比他还少？骑行界里，多少人每年身穿昂贵的名牌冲锋衣，骑着成千上万元的单车，手执单反长炮，一身精良的装备，风风火火组队骑行川藏。但又有几人能坚持到最后抵达最初规划的那个神圣目的地？

我骑行川藏的座右铭就是：“别人行，我一定行！”

我就是靠这句话熬过12座大山，熬过2154公里，坚持到魂牵梦萦的拉萨城的。

你翻过的，只是心中的一座山。

告别老人家时，火鸟将一条骑行头巾赠送给他，并教他如何使用，让他可以阻挡风霜，阻挡沙尘。老人家感激地说道：“路上遇到很多车友。我车上的车灯、我后车架上的睡垫等都是遇到的车友相赠的，真的很感谢。”

寒风，自东达山往下从身上轻轻吹过。内心深处，仿佛被什么东西狠狠撞击了一下。

那是需要怎样的意志才能如此坚持？是什么，让你如此执著地单骑万里？是什么，让你不顾一切流浪游走川藏？

是儿时的梦想吗？

到达东达山垭口，我怔怔地望着白茫茫的冰雪世界，冰寒的雾气从脚下冒起，冷！我一阵哆嗦，不知道他昨晚是怎样熬过来的。

在垭口好好拍摄了一番，火鸟便脱衣裸奔，豪唱了一曲自创歌曲，并拍摄了下来。可惜他强烈警告我不能

上传照片。囧，大伙儿没眼福了。

值得一提的是，东达山在12个月中，仅有一个月是不下雪的，恰好今天给我们撞上了。呵呵，人品真的是不错哦。

25公里的烂路下坡到东达山脚后，就是11公里的柏油路缓下坡，真他妈的爽！如果你是我，在这样的路上也会爽快地出口大骂。骑行了数日的烂路，在踏上柏油路那一刻，仿佛世界都不一样了！我们飞速骑行，以极快的速度一直爽到左贡镇，结束了今日的骑行。

三人在左贡小镇上喝着拉萨啤酒，吃着藏区烧烤串，人生那个美呀……

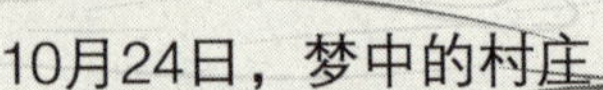

10月24日，梦中的村庄

左贡——田妥村（62公里）

里程碑：1161公里

距拉萨：993公里

90后骑行侠

90S

单车去西藏

早晨8点多就出发了，在旅馆附近找了小吃摊吃了些早餐，优哉游哉地往左贡县城门口骑行。有个小插曲，想起来还是心里有点儿郁闷，因为玉儿昨天踏进左贡时爆胎了。本来爆胎就爆胎了，但，问题是我们打赌了，爆胎的那人可以向其他人收五块，我的天哪，五块钱我可以啃多少个馒头了？五块钱我可以啃多少个素馍了？五块钱……呵呵。我的银子有限，在川藏线上我只能节衣缩食，才能顺利走完这条路。

左贡同时也是古代茶马古道的商旅进出西藏的必经之处。左贡，藏语为“犏（耕）牛背”的意思。很早以前，因人们住的地方的地形像犏牛的背，故而得名。

我们在低声咒骂中骑行到城门口时，发现路旁的栏杆直直伸展到另一端，将众多想要出城的出行者给堵住了。越野车、面包车、牛马羊在路旁排成一列。火鸟上前朝身穿军服的同志问道：“兄弟，怎么回事，怎么不让走啦？”

县城路口旁坐着一位中年军人，听到火鸟的声音后，眼光朝

我们三人打量后缓缓道："现在暂时封路。只让进，不让出，你们骑单车的12点后再过来吧。"

我们三人无奈地返回旅馆房间后，将车子停放在房间的角落，开始商议该如何使用这难得的三小时。我建议上网更新上传照片，火鸟和玉儿两人想去逛逛街，所以我们兵分两路：他们逛街，我上网更新博客照片。

三个小时后，我们在左贡县城出口碰面。

中午时分，高原的烈日在天际朝下倾洒着热烈的光，一条长长的车龙在暴晒中甩头荡尾，还有嘈杂的牛马和吆喝的藏民。

我绽开灿烂的笑容说道："大哥，什么时候能走？已经12点了，我们只是骑单车的，再不走今晚可要夜骑了，帮个忙，让我们过去一下吧。"

或许是因为单车对他们来说没有什么威胁吧，而我们也不像会闹事的人，在仔细检查询问了我们一些问题后，又犹豫了一会儿，就让我们拿身份证登记后通过了。

运气不错，意外地获得了通行的许可。出了左贡城后，感觉一切都解放了！脚下就是平坦顺畅的柏油路，头上就是湛蓝的洁净天空，左手就是碧绿美丽的玉曲河，远处可见的是形状各异的牧场，近处就是在晒甜蜜的情侣二人。

玉曲河是怒江中游左岸一级支流，发源于西藏自治区昌都地区类乌齐县附近的瓦合山南麓，流经昌都的洛隆县、察雅县、八宿县、左贡县以及林芝的察隅县，在察隅县瓦龙乡目巴村附近汇入怒江。

我在玉曲河旁感叹："玉曲河多美啊，多么的迷人，多么的碧绿，多么的清澈，多么的像一条河……"

玉儿蹦出来接道："当然！带有一个玉字哪能不美，跟我一样都是那么美。"

"额，我感觉到胃部在剧烈地翻滚，别再说，不然得赔我饭

钱了。”

“@@#$^&#&*&@@!!!!”

上了一个很陡的坡后，我们到达一个小山头。从高处朝前方望去，映入眼帘的是一片曲折的河流，蓝天白云之下，满山遍野都被染成秋天的颜色，下坡不到数百米就发现河畔有一处平坦草地，正好适合我们休整。

风，在温暖的阳光中轻轻吹过，玉曲河在旁边缓缓流过，我们静静坐在草地上，享受此刻时光，享受这般生活，享受这般享受。

一个半小时过去了，我们仍然在河旁懒洋洋地坐着晒太阳，没有丝毫想动身的念头，即使今天会赶不到目的地，即使今晚可能会夜骑，即使……没有那么多即使，就是想这样一直躺着。

在欢快轻松的骑行中，时而哼哼小调，时而吼唬牛羊，时而将美景往脑里塞，时而爬上木桩之上的青稞玩耍拍照，时而差点儿被狗咬到。

在到达列达村口时，一位藏民策马快速奔跑而过，顿时一片逆风随之扬起。我们呆呆地望着眼前的列达村，深深地被这突如其来的气势、风景震撼了，好不容易才醒来。实在实在太美了，我发誓！我有史以来第一次见到如此美丽的村庄！

依山傍河建立的村庄，层层叠叠般有序地建立在山腰上。蓝天下，清澈的玉曲河倒映着村旁数棵被风吹得轻轻颤动的秋树，河道的另一边是成群的黑猪和黑山羊，秋黄的青稞挂在牧场旁的木桩上，牦牛却在木桩旁怔怔逗留，等狂风扬起吹落一些青稞，就可以满足一时口欲。

一瞬间，仿千年。

秋风过，落叶飞。

或许，当我厌倦了外面复杂纷繁的社会，当我厌倦了外面缤纷烂漫的世界，当我厌倦了外面日月复年的生活，我会在此定居，开一家小小的家庭式旅馆，放牧牛羊，种种青稞，静静地呼吸，那该是一件极美的事儿。

这或许就是每个人曾经梦想的最佳居所。

至少我此刻拥有世间如此美丽的村庄、牧歌式的田园风景。

我们拍了一些照片后，看看离黄昏还有一段时间，准备继续骑行一段路。我们依依不舍地离开列达村后，火鸟两人已在视线中消失，我停留太久，他们已经先行一步。

猛然，路旁蹿上一条棕毛大狗，朝我小腿扑了上来。在猝不及防中，我硬把脚抬高了一些，大狗咬空后马上迅速后退。我停

下与它僵持片刻后，它见无机可乘便迅速离开了。我追上火鸟时听他们说，刚刚那狗也偷袭了玉儿，幸好没有咬到，不过玉儿吓得轻摔了一下，好在并无大碍。

田妥村。

田妥村是附近唯一可住宿的小村庄，里面有一家小旅馆，喊了半天才有人从旁边过来开门。原来老板回家乡了，停止营业，把钥匙交给妹妹管理。她见我们都还算温文尔雅，并不像悍匪，经过一阵商讨之后，还是收留了我们。

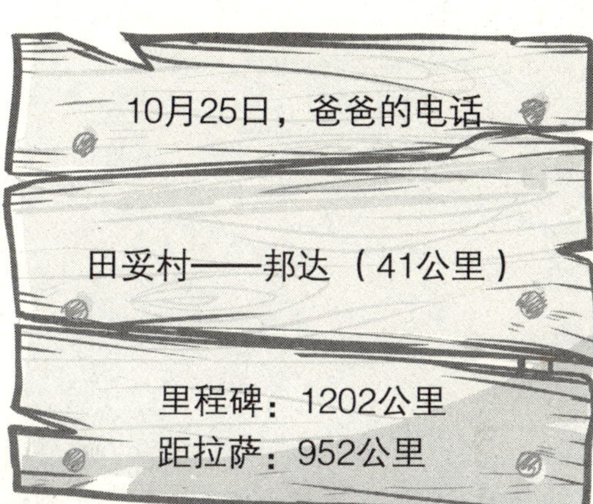

90后骑行侠
90S
单车去西藏

窗外的天空渐渐明亮，远方的山脉地平线渐渐出现一片金光，阳光似染布坊的机器般逐渐将大地渲染扩散，整个世界缓缓苏醒着，随处都弥漫着勃勃生机。一片飞鸟在天空中细细地掠过，静静地，悄悄地，在慵懒的阳光中划过一片痕迹。

藏区的天空经常让人产生一些遐想，只要仔细观察，你就会看到在别处看不到的东西，比如，蓝天里一直存在的皎洁月亮，她与太阳并存在那一片蓝天之中，如高贵艳丽的女神，无论太阳如何燃烧，如何爆发，如何炽热，也盖不住她容易让人迷失其中的倩影。

在田妥村，我们的早餐是：杯面、酒鬼花生、火腿、麻花、榨菜、花生糖、葡萄糖饮料。这是一个生活物资相对匮乏的村子，据说买一些蔬菜还得去几十公里外的左贡县城。

早餐过后，我们悠然骑行。今日，不需要赶路，顺其自然地骑行。我们不是来比赛竞速的，我们是来旅游的，我们是来享受的，用不着死命地赶路。更重要的是我们的目的地邦达，就在40

公里之外。随着骑行路线的深入，适当地调节每天的骑行距离、看看风景，是每个驴友都必须掌握的智慧。

川藏线，流传着一个纪录，那就是10天完成川藏线骑行的纪录。传说中的那位牛人，身上就穿了一套衣服，车架也只带了一套衣服，没有重的物品，轻装上路，一路过关斩将夜骑赶路，一共用了短短的10天就到达拉萨城了。

牛！很牛！当然，这样的骑行计划也相当疯狂，如果你还记得我们前面危险的夜骑的话。

在你出发之前，首先要搞清楚的是，你骑行川藏是为了什么？为了可以在家人朋友面前炫耀？为了挑战极限？为了一路游玩？还是为了连你也不知道的缘由？

把握好自己的心态，不能被任何事情破坏了，不要让你的旅途留下任何遗憾。背包在外，心态很重要，即使发生再糟糕的事情，我们也应该坦然面对。如果心态改变了，境遇也在改变。就算再想哭，也要微笑着说一句：你大爷的！

所幸的是到目前为止，我们一直保持着这份心态。

清晨的玉曲河用四个字概括：柔情似水。仿佛面前是一个恬静含羞的小姑娘，悄悄地跟在你身后静静观望，当你若有所觉地回头时，她却惊慌失措地躲藏在树后，白皙的细手轻拍起伏的胸口，偷偷吐了下小舌头，片刻之后再继续，她同时也活像一个调皮的小女孩。

我们就这样与玉曲河嬉皮地追逐着，直到邦达。

在途中，我们经过了有趣的“阿四村”。阿四用广东话解释就是：用人。那时，刚刚见到村牌，足足憋了很久，然后爆笑起来。

在那里，我们沿途看到很多在远处捡黄金（牛粪）的藏民。当我靠近木制牛粪车，想要拍照留念时，他们却朝我吼了下，难道是怕我偷他们的牛粪？

藏民会将牛粪挤压成饼，晾晒干燥后，就成了燃料。如此利用牛粪，既解决环境污染问题，又环保耐烧，而且可以降低燃烧时硫的排放量。所以，在邦达镇口，我就看到了惊人的一幕：一简陋的石砖砌建而成的房子外墙，粘着无数的黄金饼。很有创意，忍不住拍了数张。

在邦达前面数公里有一个小村，玉曲河旁的白马在静静地喝着水，藏民在河流旁提着木桶静静装水，低低的蓝天下，高山流水，一点一滴如诗画般的世界，让我心头泛起四字：不枉此行！

一望无际的柏油路，村子道路的尽头就是无尽蓝空，让我深深震撼了许久，又突然想起四个字：行者无疆！这就是此时最好的表达。

正在优哉游哉骑行中的我，突然接到了一个电话，顿时让我脸色骤变。

“你在哪里？在做什么？”电话里传出父亲满是疑惑的声音。

“在藏区游玩。”

“什么时候能回？”

“过一个星期左右。”

“听人说，你踩单车去西藏？”突然间，父亲的语气变得严肃起来。

“没有啊！你听谁说的？怎么可能啊，谁能踩过去啊！”我满脸惊讶，仿佛我就是天下最无辜的男孩。

“唔……”沉默中。

“那倒也是，想想就觉得不可能。”父亲喃喃地说道。

“早点回来！注意安全，每天记得给我打电话。就这样。”

“嘟……”

眼下就到达邦达镇了，我顾不得想那么多了，先找地方休息、吃饭才是王道。

邦达就是一个三角形的小街，简单说，只有三排短短的建筑，三角形中央的空地是停车场，三排建筑全是饭馆或旅舍。

邦达小镇虽然很小，但这是一个很重要的中转站、补给站。邦达从古至今都是茶马古道川藏线、滇藏线上的重镇，是老川藏南线和北线的交会处，去往拉萨的必经之地。

此时，已经是下午两点，如果要继续骑行，翻过业拉山后也临近天黑，七十二拐脚下的村庄不知道能否找到住宿地。避免夜骑，我们还是决定在邦达住宿。还有五个多小时入黑，现在可以洗洗衣服，晒晒装备，拍拍牛马，准备上网更新微博照片。

晚上，夜色降临邦达小镇，我们在小镇其中一家饭馆坐下来吃饭。由于淡季，仅有老板娘与一位藏族的小姑娘在店里忙活。

火鸟见藏族小姑娘挺健谈，问其工资待遇如何。

那答案多让人痛心。

她的工资就是您一包烟，就是您半瓶酒，就是您一次搭计程车的钱。

60块！

就是60块！60块！一个月！

有时候，生活就是如此让人无奈！

60块您能用多久？一次理发？一次搭车？一顿消夜？一件内裤？一双CK袜子？

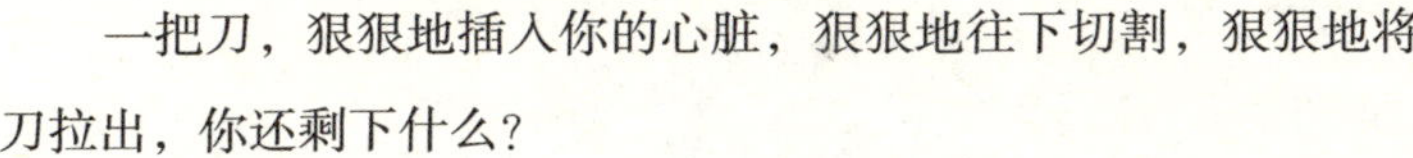

一把刀，狠狠地插入你的心脏，狠狠地往下切割，狠狠地将刀拉出，你还剩下什么？

——是痛！

60元，这是一个让人心疼的数字。

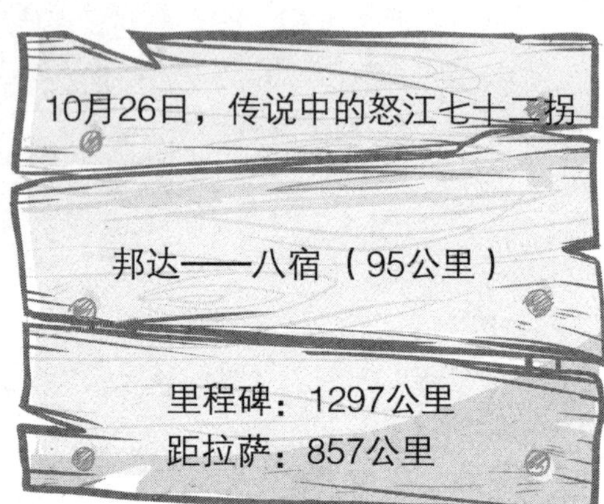
10月26日，传说中的怒江七十二拐
邦达——八宿（95公里）
里程碑：1297公里
距拉萨：857公里

90后骑行侠
90S
单车去西藏

10.26 传说中的怒江七十二拐

不知名的山脉上，缓缓弥漫着朦胧的余晖，天际幽幽浮现出一片片绚丽的彩霞，如被落阳夕芒笼罩的烧云般，皓月在黯淡的天空高悬。

天，就要黑了吗？

恍惚间，我看到身旁码表跳动的时间，却不得不提醒自己这是早晨，而不是傍晚。

在高原清澈的天空里，黎明与黄昏仿如同生的双胞胎，容易让人日夜颠覆，容易让人感觉时光交错，同时也让人琢磨不清：这是该亮了？还是该黑了？如同我们面对前方的陌生三岔路口，该往何方？如何取舍？对与错之间，又有谁能分清？

抱“红颜”下楼时，隔壁的房间传来粤语对话声，出门在外能听到熟悉的语言，我不由得心头泛起一丝亲切感，蹿了过去搭讪。通过简单了解，得知原来他们是从广州自驾进藏的驴友。由于今天要早些出门，简单地聊了一会儿，我就下楼寻早餐了。

清晨的邦达更显冷清，转了一圈发现，大部分饭馆紧闭

着大门，数只流浪狗在附近徘徊觅食，偶尔传来野狗稀散的低吠声。镇里只有一家餐馆开业，其他店或许只在午时与晚间开业。抬头望去隐约间看到数只黑点在天空盘旋，此时的邦达让人备感荒凉。

餐馆门口停放着两辆粤B深圳牌照的越野车与一辆粤A广州牌照的越野车，踏入门就听到一群操着南方口音的驴友在畅谈。用粤语聊了数句得知，原来他们是深圳越野E族的，从拉萨出发准备回去了。他们给我们详细解说了怒江的烂路情况与地势。天下驴友一家亲，尤其是从同一处来的家乡人。这些信息让人感激不尽。

吃完早餐，我们要了些包子打包了，准备出发。在踏出门口的时候，住隔壁房的广州驴友追了过来，脸色无比担忧地道：“我们交换下号码，如果发生什么事情也可联系，她一个女孩子

家也很不容易啊。”

看着她们如此担忧，我们心里实在是很感动。途中相遇，大家只是人生中匆匆擦肩的过客，他们却如此关心我们的旅程安全。我们与叫黄姐姐的驴友交换了联系方式，在她的再三叮嘱下，答应有事定会致电她之后，我们就出发了。

出镇口不远，又开始了很缓很缓的盘山上坡，这段骑行还算比较轻松。在路途中遇到一只刀削般纤瘦的流浪狗，在路旁一拐一顿走动着，当我们接近时却停住，全身紧绷警戒着。火鸟爱心泛滥地向我拿了半包压缩饼干喂它，怜悯道：“这狗后腿伤了，估计在镇子抢地盘输了被赶出来了，现在只能在镇子外找些吃的。”

在藏区，有着无数的流浪狗。基本上，我们是一路喂着狗去的，曾经还因为将干粮拿来喂狗后而挨饿半天，带着饥饿上坡苦苦坚持着。当然，不是所有狗都能随便喂的。我在理塘区域被6~7条狗追着咬，幸好是缓下坡路段，顾着逃生，还没数清准确的狗数。

我怔怔望着那只狗，缓缓将视线移向狗的后腿，一块扭曲枯萎的伤疤渐渐在眼中放大，鼻子中隐约钻入一丝血腥味，一种难以言喻的感觉泛上心头，弱肉强食的世界真残酷！

不仅是人类世界，连动物链中亦是如此！这或许是世界的潜规则，世世辈辈轮回运转着，可笑的是，我们还要去遵守。

你是猎人还是被猎者？

继续前进后我发现，那只流浪狗一直在远处跟着，无论火鸟如何扔石头如何恐吓，它也远远跟随。别人拈花惹草，招蜂引蝶，咱家火鸟却勾引无数野猫野狗。火鸟见状发下豪言道：“妈

的，它跟我们到垭口还不走的话，我今天的午餐给它了！”

事实证明，那狗聪明得很，知道我们要往垭口去，还翻山路横穿而过，一下子就消失在我们眼中。当我们苦苦挣扎到垭口时，那狗居然已经在垭口打着瞌睡等我们了。

业拉山，海拔4658米。我们在这里看到了一首诗：

不怕艰难险阻，不怕流血牺牲；

保通川藏天堑，铸造交通铁军。

业拉山，坡陡路险，短短的24字，那是需要多少血汗人命去铸造的？

在垭口望着远方连绵的雪山，忍不住不停地谋杀快门，这景色真让人陶醉！

旁边的火鸟竟然遵守约定把他的午餐拿去喂流浪狗，但那流浪狗好像被火鸟之前扔石头吓坏了，见到火鸟一接近，吓得马上远离这个煞星，窜了几下，顿时消失无影。呵呵，这种情况下，火鸟想行善积德饿自己一顿却没有机会了。

准备下坡了！远眺着传说中的怒江七十二拐，身未行，心已动，激动的动！看着那曲折蜿蜒的七十二拐，心中升起无比豪气。哥跋山涉水、万水千山过来终于要与你相见了。

怒江七十二道拐是全国有名的“魔鬼路段”。七十二道拐处于凉风垭山上，海拔1450米，长约12公里。天晴时，大型车辆经过七十二道拐需要一个多小时。曾经有司机说，一次雨天他驾车走七十二道拐，是数着路边翻倒的车，战战兢兢地走过的。这条路不仅十分惊险，而且极易堵车，最长的时候堵过三天，据说方便面都能卖到50元一碗。

心中才激动没多久，就被火鸟从天堂拍下地狱了。

“我前面，小玉中间，阿骑殿后，不准超车，不准超过20速！”火鸟瞥了我一下，一脸严肃地说道。

天哪，让我滚下七十二拐的万丈悬崖吧。

我在火鸟身后偷偷做了个鬼脸，垂头丧气应道：“知道了。”

很快，我就知道火鸟的安排是对的，因为怒江七十二拐的险恶绝对不是盖的，在一段不到30米的道路竟然标注着三个警示牌，还真是第一次遇到这样的情况。下坡时，绝对要注意减速，尤其要注意迎面而来的大货车，那绝对是死神的镰刀，一不小心，将会永埋此地。但现在已铺上柏油路，只要速度慢些，一般不会出问题了。想当年，此路还是烂泥路时，车友下坡前还需要

放车胎气以增加车轮的抓地力，战战兢兢地缓慢下坡。

半歇息半下坡半摄影的状态下，我们花了三个小时才下到脚下的村庄。在村庄过后不远处又是烂路了，每当有汽车经过时，灰尘铺天盖地地弥漫着，让我们足足吃了不少灰尘。

快到怒江大桥前不远处，有一栋著名的废弃的道班，据说还上过央视，墙面上涂满了车友们的留言，当然，我们的留言最醒目！哈哈，火鸟大写特写：三缺一车队！

过怒江桥时，此处属于交通重地，所以有武警持枪看守，禁止照相。火鸟无从下手，只能远远地照了一张留念。

过怒江桥之后还是超烂路，典型的搓板路，尤其是火鸟和玉儿的折叠车在这样的路面骑行更是折腾。骑行烂路的同时还要注意落石，这短短的十几公里却有着数个飞石区。在这飞石区域，一只羊不小心的窜动都可能导致松散的山石堕下，导致行人被砸入怒江河中。

之后我们又遇到逆风，在逆风中苦苦骑行到了一个不知名的村庄，路旁的小商店旁边挂着一个牌子：小卖部，无所不有。

这个牌子让我愕然许久，它如此强大的招牌让我瞬间折服了，真想冲过去喊道：“老板，给我来一份板烧鸡腿堡套餐和一杯麦旋风！”

夕阳无限好，只是近黄昏。

在我陶醉于绚丽的彩霞之中时，迎面开来一辆面包车在我身旁急刹停住。一位中年妇女打开车门，一脸焦急朝我喊道："啊……"

"嗯？什么？"为防止呼吸时吸入经过车辆扬起的灰尘，戴了口罩的我疑惑地问道。

"你可以拉下口罩吗？我们在找人。"中年妇女跳下车，焦急地朝我说。

"找人？"我们三人异口同声问道。

中年妇女见到我们三人的脸容之后，整个仿佛虚脱了般，失望地带着哭腔道："我是厦门大学的老师，我们有一个学生瞒着家人骑行川藏线，已经整整20多天没有联系过任何人。据同学反映他是从成都出发的，现在家人与学校非常担忧。我们包了辆面

包车从拉萨开始白天一路在川藏线寻找，希望可以找到。”

“很抱歉，我们一路上并没有遇到任何骑行川藏的人，从拉萨出发倒骑川藏的倒有几个，但都不是学生。”火鸟遗憾地答道。

“谢谢你们，如果能遇到，麻烦告诉他，让他尽快联系家人与学校，我们都很焦急地等待消息。”说着她就挥手上车继续赶路。

“20多天没有消息，估计……”火鸟对我与玉儿道。

“川藏线存在太多危险了，泥石流、塌方、下坡速度失控堕河、藏獒袭击等。这些都足以导致丧命。20多天没有消息，一个人骑行的话……估计没有希望了。”

“希望他平安。”

夜幕降临，黑暗笼罩着整片大地。这句话并不是无谓的感叹，在高原上，黑暗确实是以笼罩的方式降临大地，黑与白之间，你会感觉到面临的甚至不是同一个世界。

由于逆风耽搁了不少时间，我们只好又战战兢兢地夜骑了，但这次只是夜骑了短短半小时就到达八宿了。

到达八宿后，玉儿兴奋了许久：”大城市啊，好久没有看到那么大的城了。”

“连红绿灯都没有，还大城市呢！真是小白！”我白了她一眼！

“……”

不过在这段时间中，对我们来说，八宿确实是个较大的县城。网吧、邮局、银行、饭店、宾馆，一应俱全。

好吧，算是个大城市，至少这一夜我们没有继续可怕的夜骑，可以好好睡一觉了。

10月27日，深秋的然乌湖

八宿——然乌（90公里）

里程碑：1387公里

距拉萨：767公里

从地图上看，我们抵达的八宿县位于西藏的东部，县城中心地带白马镇海拔3260米，境内的著名景点有然乌湖、阳措湖、来古冰川。

八宿县城的早晨比起之前几处落脚点热闹多了。藏族小孩三三两两地背着小书包，摇摇晃晃地上学去。其中有两个调皮的娃儿，竟然当着我们的面欺负“驴友”，扯着一头驴子的耳朵，双手不时拍打驴子的脑袋。

真是叔可忍，婶不可忍！火鸟看不下去，玉儿也快要爆发了。

我忍不住要去教训那俩小孩一顿，但看他们那么小的年纪，还是放他们一马。可怜的“驴友”就这样一直被欺负着……

在街上，我们吃了些包子与泡菜。说起泡菜，川藏线每一间餐馆，无论早餐与午饭，掌柜都会赠送数小碟泡菜。突然想起一车友曾经向我提起他们车队六人骑行川藏线的故事，每到一处饭店，为了省钱，都会叫一碟回锅肉、一碟白菜，然后拼命吃白

饭，当菜肉吃光了，就重复哀求喊道：“老板老板，再给几碟泡菜嘛。”

结果，桌上叠起了十几小碟免费泡菜。

当他们晚上住宿时，车队中两位大学生，一个帮店主儿子补习数学，一个帮店主儿子补习语文。

半小时后——

“老板，房费再便宜30块嘛。”

“好，好，好，没问题。”

川藏线，就有着这些各种各样的牛人出没……如果你要骑行这条路，必须有几样拿得出手的本事来，比如修车、野外生存、搭讪或者超牛的体能。

出八宿县城不远处，一群朝圣者正在往拉萨方向磕拜，一辆补给车紧随后面。我们从他们身旁经过，交换彼此的祝福：“扎西德勒。”朝圣者的补给车是供应朝圣者衣食的专门车辆，一般朝圣者都会有补给车，简陋点的有木制三轮推车，好一些的有三轮单车，豪华一些的就是三轮摩托车，奢侈点的就是拖拉机。

县城口有座烈士陵园，里面生长着茂盛的秋黄白桦树，秋天的气息浓浓弥漫着整座陵园，那是一座生机勃勃的陵园，恍惚间，脑中闪过四字：永恒长存。里面的烈士们，骑行侠向您们致敬！

天朗气清的蓝天下，我们欢快地骑行，兴奋地高呼，然乌然

乌然乌，我们来啦，拉萨拉萨拉萨，我们越来越近了。

但是兴奋未持续多久，就被一桶冷水从头到脚狠狠浇灭！我们又遇到强烈的逆风了！

逆风骑行中，玉儿速度跟不上，经过商量后，火鸟决定分头行事，火鸟陪同玉儿。他让我先行一步，赶到然乌湖旁的平安旅馆订房等待他们。

顶着强烈的逆风缓上坡，除了准备崩溃还有什么？但这时，我看到了在路旁的里程碑边写着很多车友的留言：NND，逆风！我靠！怎么那么倒霉大逆风！不逆风行不？有完没完！还让不让人活啊！

哈哈，我笑了。还好，不只是我一个人遇到逆风了，心里总算平衡了些。

远处突然冒出一个骑行者的身影，我停下车来，朝他挥了挥手。

呼……

对方挥手回应一穿而过，连头也不甩。想想也是，人家可是顺风下坡，正爽着，换了是我也不舍得刹车啦。

这么长的路上，难得遇到一个车友，没有交流下真遗憾。但很快，我的遗憾就消失了。因为，已经有两个车友迎面骑行朝我挥手，并停了下来聊了一会儿，原来他们是逆行川藏线的车友，三个男生组队，从拉萨往成都骑行。据他们说，前面的道路都很顺畅，只是然乌到波密那段有点烂，还有通麦天险塌方也很烂。

挥手交换祝福又告别，继续独自骑行，突然间又剩下自己了，有些不习惯了。不过，今晚就要会合了，所以要赶快到然乌安顿好，等火鸟与玉儿一到，我们就可以放松一下了。

逆风行驶，苦苦坚持终于到垭口了。

垭口处是安久拉山，此处海拔4475米。

安久拉山垭口有一大片沼泽地草甸，牦牛在草甸中悠然啃草，对于我这个外来客瞄都不瞄一眼。垭口旁雪山下有一小湖，在洁净的雪峰下缓缓流淌着，肉眼可见的是，湖水已结起一层薄薄细冰。简单地拍摄一番，我就下坡了，因为距离雪山很近，临近黄昏的垭口实在是太冷了。

离开垭口不到一公里时，又迎面遇到一位车友，简装骑行，没有驴物品，独自一人骑行。我凑了过去担忧道：“朋友，你这样子挨不到八宿的，都快天黑了，你待会儿在前面的村庄借宿吧。”

他微笑点头，说他是从波密骑过来的，打算到八宿玩。他接受了我的建议后，就急忙挥手告别赶路了。

从垭口下去，然乌沟险恶路段很难走，道路上有着数处塌方，偶尔也见一大堆碎石散落在路旁，路面随处可见铺盖着大大小小的石块。临近然乌镇最后几公里路段有一又窄又陡的保护走廊，长度约1.5公里，穿越时，寒风在耳旁猎猎作响，感觉如同科幻片里穿越时空的场景一般。

终于到达然乌镇口了，左转是察隅，是滇藏察察线与川藏线的交会处。我当然右转进然乌镇里啦！

然乌可以说是只有一条街的小镇，然乌湖位于昌都地区八宿县境内西南角，然乌镇距离县城约90公里。“然乌”在藏语中是“铜做的水槽”的意思。

然乌湖，面积为22平方公里，湖面的海拔高度为3850米，意为“尸体堆积在一起的湖”。传说湖里有头水牛，湖岸有头黄牛，它们互相较量角力，死后化为大山，两山相夹的便是然乌湖。它是由于山体滑坡或泥石流堵塞河道而形成的堰塞湖，为藏东第一大湖。

欣赏然乌湖美景的最佳季节在深秋，其时湖水清澈碧蓝，湖畔山岳色彩斑斓；夏天就逊色多了，湖水浑黄，周边山色单调。

呵呵，看来，我们选对时间了。

在我到达后的一个小时左右，火鸟和玉儿终于赶来了。平安就好。他们这一次又夜骑了半个多小时。

我们在然乌湖旁的平安饭店住宿，苦苦砍价，最后以20元一个床位的价格拿下。这可是建在湖中的木屋，可能是由于是淡季，所以整座木屋只有我们住宿。

住在湖中的木屋，像流浪诗人一样，我们被这里的景色吸引。晚上，阿呆发来信息，他明天将会搭车到然乌与我们会合，三缺一车队终于不用再缺一了。我想，接下来我们也许会有更精彩的奇遇。

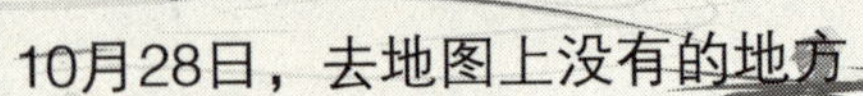

10月28日，去地图上没有的地方

然乌休整第一天（0路程）

里程碑：1387公里

距拉萨：767公里

在一处不知名的藏区垭口，遮天盖地的浓浓黑云在夜空飘浮着，凛冽的寒风如刀割般吹袭，周围荒无人烟漆黑一片。我拼命地往前方蹬骑，周围的空间逐渐缓慢压缩，黑暗将要吞噬我的身影，加快，加快，加快，再快!

我挥汗死命地往前方奔去，一瞬间，头上遮住月光的大片黑云被高空的气流吹散，明亮的月光似水银般倾洒下来，茫茫荧光笼罩着整座山脉，风马旗被狂风吹得浮浮轻飘。隐约间，我看到有一个似曾相识的身影背向我，她静静地站在垭口山崖旁，纤细的身影高举着五色经幡，长长的柔顺黑发随风飘扬。黑暗中，她缓缓地转回头，轻轻向我绽开笑容。

我用力地睁大眼睛，努力想要靠近，努力想要看清她的容颜，却发现，明明很接近，却似被人故意遮挡般，根本望不清她的脸庞，只能看到她朦胧的轮廓。

就差一点儿，我就能看清了，用力，用力，用力地把眼皮猛然睁开，顿时一片刺眼的光线涌入眼眸。

“红颜”静静在眼前站着，如调皮的女孩般惊奇地望着我。我轻轻摇动“红颜”手上的铃铛，传出一阵清脆的“叮叮叮……”声响，顿时清醒不少。原来，只是一场梦。

掀开洁白的棉被，仰坐在床头朝窗外望去，蔚蓝的天空旁耸立着数座雪山，柔和的阳光洒在洁净的雪山下。一个人影正在干枯的然乌中拍摄，时而半蹲，时而马步，时而趴下，创作非常认真。

此季节的然乌湖，仿如争斗受伤了的牦牛，留下了一处处触目的痕迹，退缩到最角落处防备着，缓缓舔疗着龟裂的伤口，无助得让人心碎。

我将“红颜”轻轻抱出木房外，洗漱过后，简单吃些早餐，静静坐在木屋前的秋千上，在柔和的阳光中轻轻摇晃，望着孤立的木房，望着受伤的然乌，望着湛蓝的天空，望着干净的雪山，听着身旁的狗吠，慵懒地伸了下懒腰，猛吸了一口气：“这生活真他妈的美好。”

迷迷糊糊的瞌睡中，恍惚间听到有人喊我，原来是阿呆到了！阿呆终于到了！

看了下时间，已经接近中午时分了，吃了碗泡面后，我们与阿呆在湖边聊天。原来他的车子出问题了，

从新都桥搭车过康定修车未果，然后转车到雅江才搞定了，返到康定时独自骑行上了折多山，按他的话说，那天与我骑行退缩了，一定要补回来，结果他终于上去了。几经波折，今天终于搭车到然乌与我们会合了。

我们把自己的驴包、行装，脏衣服等物品扔到洗衣机里，再将车子一辆一辆地喷水清洗，擦干净后再滴链油。之后就抬进木屋阳台晒干，拍拍照片，静静享受这难得的宁静，洗涤下疲惫的身心。

平安饭店的大院里养有一只白色混棕色大狗与一只白色和一只棕色的猫，平时无事我都会把它们揪出来逗，喂了不少零食。那只肥胖的大白猫最挑食，啥都不爱吃，想必嘴都被养刁了。另一只小棕猫倒挺可爱，啥都吃，尤其在我们吃饭时，还津津有味啃着白饭呢，扔几颗花生米，它来者不拒，照吃。那只白棕色大狗过来时，我们就喂饼干。

火鸟老打趣说：“那狗天天对着雪山，再过几个年头就升天

了。”

藏区的动物很特别，特别是流浪狗，只要能放进口的它们都吃。

然乌的黄昏很迷人，夕阳斜洒在“红颜”的身上，黄昏的余晖将“红颜”的倩影拉得斜长。一瞬间，我蹲在“红颜”面前，夕阳在她身后徐徐降落，散发出昏黄的光环。一下子，我突然觉得“红颜”很美，如天使般迷人，让我无比着迷。

感谢你一路的陪伴，我的“红颜。”

眼帘映入一段文字：让我带你去地图上没有的地方。

那是驴友在木墙上的留言，不知为什么，看到此留言，顿时心里暖暖的、满满的，感觉一下很充盈。我知道，那一种涌动的感受就叫感动。

“红颜”，就让我带你去地图上没有的地方吧。

可好？

晚上，我们在镇上买了一堆零食与啤酒，向老板讨了一些干柴，在干枯的然乌上点起篝火。熊熊烈火，把酒言欢，三缺一车队，终于在这然乌湖边会师了。

这是热闹而放松的一天，我发现已经爱上你了，拉萨啤酒。

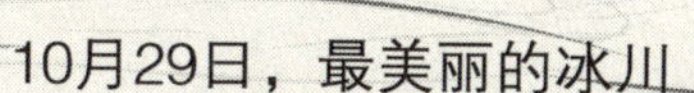

10月29日，最美丽的冰川

然乌休整第二天（0路程）

里程碑：1387公里
距拉萨：767公里

今日我没有赖床，8点钟就起来了，因为我们准备骑行中国最美丽的冰川——米堆冰川。

在镇子里吃早点时却意外发现，原来去米堆冰川的路程是31公里，而不是7公里。现在出发的话，来回至少都要7个小时，肯定赶不及了。都怪我的粗心大意，昨晚问旅馆老板时错听成7公里了。后来才知老板说的是7公里外的瓦村，他建议我们去那里拍摄，景点也很正点！不过，今日骑行去冰川的打算唯有搁浅了。

我们就在然乌附近骑车闲逛，往察隅方向骑行拍拍照片。然乌湖的湖面是银灰色的。中午在然乌湖边的一座矮山上野餐，我们简单吃了些零食、干粮，啤酒搭花生，在温暖的阳光中懒惰地躺着，静静观望美丽的然乌湖景与前方的洁白雪山。

返回的路上，我们骑车，一路追赶着山羊和牦牛群，骑行在秋黄的草地上，审美观开始出现麻木感——因为，哪儿都是这么美。

下午回到旅馆。想要洗澡时，却被告知水压不稳定，暂时不

能洗澡，这让我感到非常郁闷。不过一小时后，善良的老板给我们开了间VIP独立浴室来洗澡，真的感谢老板大叔。

洗澡之后闲着没啥事做，我静坐在房间门口的木凳上，修修指甲，啃啃零食，喝喝啤酒，晒晒太阳，发发呆。

值得一提的是，自从理塘那天下雪之后，一直都是晴朗蓝天。爽！

现在计算下路程，还有不到一个星期我就可到达终点拉萨城，在广州时计划是用25天，但现在预计需要29天左右。因为太多的美景让我停留了脚步，比如玉曲河到邦达那段，我们是可以用6个小时赶到的，却花了两天时间。

晚上父亲再次来电，沉声问道：“你打算什么时候回？”

“过几天就回了。”

“你已经说过几次过几天了？当初你说20天，现在呢？3

个星期都过去了，你还没有玩够吗？还没闹够吗？赶紧给我回家！”电话里传来父亲愤怒的咆哮声。

“好了，我知道了，就最后这几天，闹完这几天马上就回家！”

“……”

话刚说完，电话已被父亲挂断了。

我的骑行川藏线的计划看来就要瞒不住了，家里人每天都打电话过来，不停在催。

到底该如何安排？难道就没有两全其美的方法吗？

不过，还是要淡定，不要把自己搞得急惶惶的。坏情绪是长途骑行的大敌之一。现在唯有见步行步，车到山前必有路，船到桥头自然直。

晚上，玉儿提出再休息一天的请求，后天再出发。本来我时间很紧，但望着玉儿期盼的神情，还真是不忍拒绝。而且在你情绪不好的时候，有一个团队一起上路，这是很重要的，于是我接受了这个建议。

明天继续休息一天。

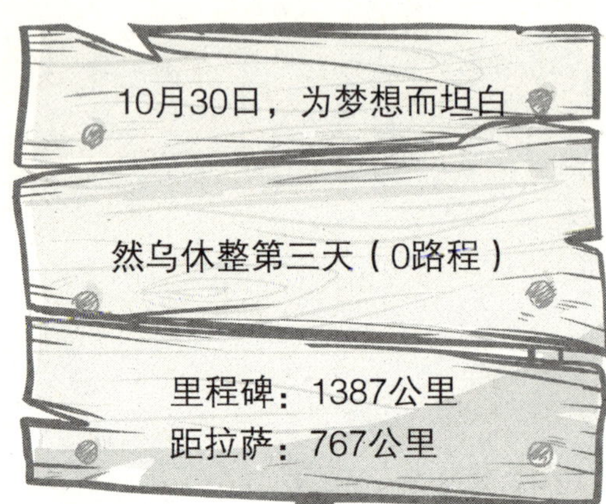
10月30日，为梦想而坦白
然乌休整第三天（0路程）
里程碑：1387公里
距拉萨：767公里

90后骑行侠
90S
单车去西藏

将眼皮缓缓打开一条小缝，我瞄到“红颜”依然静静在旁陪伴着，我习惯性地摇动“红颜”手腕的铃铛。

“当当当！”铃铛发出一阵悦耳的脆响。

今天继续在然乌玩耍，骑着车盲目游荡在仅有一条街的然乌镇，从街尾走到街头，再从街头逛到街尾，手里却多了啤酒与花生。

然乌的物价比较高，拉萨啤酒5元一瓶，百威啤酒是6元，水果更是天价，柚子每斤是5.5元，香蕉是7.5元，苹果更是见不着，饼干等零食均比县城贵20%。由于道路正处于维修时期，白天会封路，街道上堵了一街货车正在等待，直到夜晚8点时才放行。

今日是在然乌待的最后一天，我们四人自由活动，各自找乐子。经过前两天的拍摄，现在我对然乌已经产生了审美疲劳，相机也被放在房间里，我连按快门的兴趣都没有了。

慵慵懒懒晃荡在然乌湖，心里泛起一阵压抑感，有一丝烦

躁。拉开一罐拉萨啤酒，猛灌了一口，清爽的啤酒在口腔滚动，顺着咽喉涌进内心深处，想醉！

柔和的阳光慷慨地洒在我身上，我缓缓戴上黑色遮阳帽，在枯涸的然乌湖旁坐了下来。湛蓝天空之下，我望着然乌支离破碎的伤痕一阵失神。莫名的压抑与烦躁，随着我灌入的“拉啤”，逐渐消散无形，顿时，我的心灵一片空寂。

我知道，我该怎么做了……

老豆，很抱歉，我欺骗了您，其实，我没有跟同学坐火车到西藏旅游。现在已经没有办法再瞒下去了，我知道哥曾经透露给您，他所说的是真实的。我从广州搭火车到成都，然后买了单车，从成都踩单车去西藏了，一言难尽。我现在距离拉萨城仅有700公里，不必担忧，现有4人同行。请您再给我一个星期的时间，到达之后马上回家。不必劝说，我已经坚持到这里了，我想，我定会坚持到最后的。对不起，请原谅。（插图，东达山雪地“红颜”照+我与“红颜”七十二拐合照。）

手机屏幕显示：彩信已经发送成功。

一小时之后，手机信息声响起，屏幕上显示四字：尽快回家。

或许每一个瞒着家人骑行天路的车友，都会担心暴露的那一刻，担心家人发现后会有什么样的结果，担心家人发现后会采取

什么样的行动。

这短短的四字，我看不透：父亲是赞同，是支持，是允许？还是否定，是拒绝，是要求？

不管如何，至少现在我不会放弃。

我在然乌街上转了一圈，回到平安饭店，向阿呆借了上网本在大厅写游记。火鸟与玉儿也凑了过来看照片，阿呆依旧在旁边静静发呆，看来他的名字取得一点都没有错，就是阿呆！

玉儿忽然急忙道："啊！我看到车友了，是个女的。"

"哪里，哪里，哪里？"我们三人急忙回头往门口瞄。

平安饭店门口出现一推着单车进来的女生，一副风尘仆仆的模样，厚重的驴包，高挑的身材，身体细瘦的轮廓，应该是长日骑行使皮肤被晒成了健康肤色，古铜色。

我们四人上去帮忙抬车，原来这位女生是逆骑川藏线的勇士，在拉萨出发独自骑行几天后，与一车友相遇，两人组队一路骑行到然乌。

她叫大雨，北京人。火鸟说起北京人的语调儿："如果说话不张嘴的话，那就是北京的。"

谈了不到半小时后，一满脸沧桑的男人姗姗来迟踏入门口。我们定眼一看，感叹，了不起啊，竟然是躺车，躺车走川藏，真不容易。

骑行躺车的牛人叫痞子，上海人，在拉萨仙足岛开了间旅馆，叫鸟窝，这次他准备从拉萨骑到上海。

晚上，在木屋房间门口小厅的小木桌和小木凳上，堆放了零食与啤酒，大家把酒言欢，谈天侃地。大雨是第一次骑行，第一次骑车就独自一女生逆骑川藏，真是初生牛犊不怕虎，强悍。痞子就是老鸟了，新藏线骑过，川藏线更是数年前骑完。他给我们说了当年许多趣事："当年骑行新藏线时，由于极度缺水，车架都挂着好几个瓶瓶罐罐。不知道的人，还以为是捡破烂的呢。"

"和很多人一样，关于西藏，最早我只是在历史教科书上知道松赞干布和文成公主，仅此而已。在读中学时，我无意间在学校图书馆里看过一本关于西藏的画册，觉得那是神秘的地方，一直向往来西藏看一看。10多年后，直到2005年，我辞职骑着单车和几个朋友历经33天沿着川藏南线到了拉萨（此行也就是后来我在网上写下的"1个女人和5个男人不得不说的故事"）。回想种种，自己在路上险些掉进怒江变为怒江鱼，第一次感受到死亡的恐惧！站在布达拉宫前，没有像其他人那样激动，反倒是觉得很平静，也许在路上享受着痛苦到极致、快乐到极致的感觉，到拉萨时那种冲动已经被消耗完了；在大昭寺门口看到什么叫虔诚，在羊卓雍错看到什么叫海一样的蓝……离开拉萨的那一天，我心里那种依恋难以言语。在回格尔木的长途车上，情不自禁地流泪，说不出的理由。也许是我已经把灵魂留给喜马拉雅女神了，注定我还会再来！”

“2006年6月，聚集全国10省市的14位车友从喀什出发，我又开始我的第二次西藏之行。新藏线——世界屋脊的脊梁，号称世界上海拔最高的公路。也许是想问问喜马拉雅女神找回自己丢失的灵魂需要付出多大代价，才有了这两个月的生死历程：新疆库地，14人中12个人食物中毒；509道班，我险些与狼共舞，连遗书都录下了；去扎达的路上，遭遇泥石流……新藏线的艰苦足以让很多人本性暴露无遗。”

“2008年，我决定不再迷失，决定改变自己的生活。又一次来到西藏，来到阳光之城拉萨。随后，有了现在这家鸟窝客栈，融入了这里的生活。逃离大城市的喧嚣、浮躁和物欲横流，告别了父母，告别了朋友。”

“《肖申克的救赎》中说，有一种鸟是永远也关不住的，因为它的每片羽毛都闪耀着自由的光辉。旅行者就像鸟一样到处自由飞翔，但他们总要落地休息调整自己，躲避风雨。打造一个能给驴友交流的平台，也是一个让他们了解西藏的窗口，

所以我为旅馆起了鸟窝这名字。在鸟窝，吃的东西叫鸟食，说的话叫鸟语，住的人叫鸟人。有人说，在一个有信仰且物欲比较少的地方生活，幸福指数会很高。我自己也曾在博客中写道：某日，坐在客栈院子里独自吃着一盘蛋炒饭，望着对面的雪山和蓝天白云，情不自禁笑了……类似这样的事经常会有。看着来来往往的朋友和旅行者因鸟窝而来，这也是种幸福。鸟窝也是我给自己一个待在西藏的理由，心情不好时我就去布达拉宫前走走，去大昭寺门口坐坐。西藏是个神奇的地方，蓝天白云总是离你如此之近，看着那些充满信仰、虔诚膜拜的人，浮躁的心就会渐渐平静！”

听着痞子的故事，我们的内心深处，泛起一阵羡慕、一种渴望。

世界上最快乐的事，莫过于为梦想而行动。

行动比一切更来得直接。

我渴望走得更远、走得更长……

或许，若干年后，我在堂弟、堂妹和后辈眼中，俨然成了一个有故事的哥哥或叔叔。我不想到年老时才后悔我连一件可回忆的事情都没有。

这一夜，我们六个人，侃侃直到凌晨。

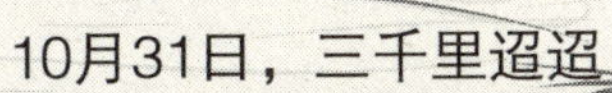

10月31日，三千里迢迢

然乌湖——米堆冰川段（45公里）

里程碑：1432公里

距拉萨：722公里

晨曦倾洒在窗外高处白雪皑皑的雪峰上，白茫茫的雾气缓缓驱散，展露出金铜色的巅峰。曦阳升高，白蒙蒙的天空渐渐清晰，蓝彩涂鸦缓缓在天际中扩散，直到阳光笼罩恬静的“红颜”。

痞子揉着眼推开木门，望着我们四人在整理行装、一副准备出发的模样，不舍地问道：“你们现在出发？”

“是啊，我们吃完早餐就走，准备往米堆冰川那儿去。你怎么起那么早啊？你们不是在然乌待上两天再走吗？”我疑惑地问道。

“听到声响就醒了，顺便出来送下你们。你们到拉萨之后可以去我鸟窝那儿玩玩。我旅馆有一个小姑娘在打理，到时你们需要什么跟她说就行了。她对拉萨很熟悉，想买什么之类都可以找她带路，她会尽量帮你们的。”痞子说着就给了我们几张卡片，并帮忙抬车出木屋。

“咦，原来是你车子上的铃铛响啊，我在房间就奇怪，怎么一大早有牦牛跑进来了。”痞子摇动“红颜”手腕的铃铛，诧异

地说道。

“嘿嘿，当然，我们不会客气的。到时奔到拉萨后，必定打扰，房费全免噢！哈哈！这铃铛挺好玩的，我一直都挂着。”

“行！当然没问题，到时就怕招呼不周到。在林芝地区与拉萨，几乎每家人的牦牛与马儿都会挂着铃铛。在前面几家住宿，早上都得听到你车子这铃铛声，呵呵。”痞子很大方地答应着，并解说了铃铛勾起的经历。

我们与痞子在平安饭店里吃早餐，带着各自的祝福分别了。往米堆，往波密出发！值得一提的是平安的早餐分量真的很足，物有所值！

从旅馆门口出发之后，不久就能看到狭长的安目错湖向西蜿蜒十余公里，逐渐收缩成一道河谷。我们沿安目错湖一路向西，离然乌7公里处有一村名“瓦村”。村里的房屋是典型的藏东南林区建筑，大量采用木材建造，连屋顶都是用木材铺盖。家家户户高挂着秋黄丰收的青稞，村落里弥漫着浓郁的藏家韵味。两藏童见我停下拍摄，站立在面前抢镜头。

距离然乌12公里左右的时候，我们到达了帕隆藏布江的源头。这是一条不大的溪河，哗啦啦滚滚而过。继续前行半小时之后，望着铁柱上蓝色的提示牌：林芝界。

终于到达林芝地界了！

兴奋！激动！太激动了！

终于到达川藏线最后一个地区了，林芝地区是藏区最重要的一个地域，也可以说是最繁荣的一个地区。据说林芝在藏语中的意思是“太阳的宝座”。林芝与昌都、那曲、拉萨、山南等地市相邻。

一小时之后，我们到达了波密县的米堆冰川门口，望着牌坊上的几个字：中国最美冰川——米堆冰川。

千里迢迢，不对！已经3000里了。骑行3000里迢迢终于到了。

我第一次在网上看到米堆冰川时，曾发下豪言："我一定要在米堆冰川上冰啤酒喝！"

火鸟在售票处砍价。即使是淡季，价格也不太好商量。我们骑着车带着那么多东西，想逃票也逃不了，最后还是免去一张票，四人就买了三张票。把驴包等行李卸下寄存在售票处办公室。

四人将贵重物品随身带上，幸好是空车进去，因为整条车道都是烂路，骑行了一个小时才到达米堆冰川脚下的米堆村。

米堆冰川脚下只有一个叫米堆的藏族村子，它属于西藏林芝地区波密县玉普乡。由于这里海拔不高、温暖多雨，村子周围除了肥沃的耕地就是茂密的森林。用原木搭建的藏屋大多是两层，第二层有一半是晒台，晒台上支起的木杆上搭满了收获的小麦和青稞。我们进入后不久，就有藏民热情围上，指着不远处的几匹马问道："要不要坐马？"我们微笑摇头。

到了村庄已经不能再继续骑行了，往后的路只能靠徒步前进了。我们将车子寄存在其中一位藏民家，花费了10元作为托管费。旁边的藏民并不死心，热情推荐骑马的好处，最后还说要以最低的价格给我们。我们忍不住问道："多少钱？"

"每个人60就好了，旺季时，我们都收100到200。"藏民热

情地说道，仿佛我们已经占了多大便宜似的。

“我们骑单车的！很穷！没有钱！100是开汽车才有！我们骑车！没有！”火鸟学着藏民的调调说道，并向我们解释：他们这些人收自驾驴友的钱会多一点，自驾的一般比较舍得花钱，也不在乎这一两百。

由于我和玉儿都没有坐过马，感觉挺新鲜的，想试一下。最后火鸟跟我们商量，大伙就决定用一人40块拿下。

“一人40！来回坐马！成就坐！不成！我们！自己！走！”

“好，好，好，好，走，上马！”藏民犹豫了下，四个人商量了一阵子决定做这单生意了。

火鸟他们三人都是棕色大马，我却是一匹小白马，第一时间我想到一句话：坐白马的不一定是王子，也可能是唐僧。

那我算是啥?

我深深地呼吸，气聚丹田，力涌脚底，精神集中，脚稳铁踏，抓着马鬃，腰部使劲，然后连跳带拽地攀上马背，却立刻又滑下来了，

连试两次都上不去！真是丢脸丢到姥姥家了。

不过，第三次时经过藏民的协助，我还是上马了。第一次，难免束手束脚的，玉儿也靠帮忙才能上去的，只有阿呆强点儿，双手抓紧缰绳，一蹬就上去了。

我们穿过一片小森林，冰川融化的雪水汇集成河，缓缓流向米堆村，牦牛、马匹随处懒散地躺着，一片片落叶随风飘荡。四汉族人，四马，四藏民牵马，缓缓往冰川靠近。前方的火鸟坐驾，一路驮着火鸟，一路吃着树上的枯叶，一路放黄金，一阵阵恶臭弥漫着。

骑马前行了20分钟，随着山路海拔缓缓上升，经过一超陡山坡，大家终于到达冰川旁，目测距离冰川仅有不到数百米。如此近的距离，仿佛连米堆冰川上的冰道纹理都那么清晰。冰川下有一清澈小湖，湖面上漂流着几座冰块，如天然冰雕般缓缓漂动。

米堆冰川被地理学家们称做“世界级冰川奇观”，它有着近800米落差的冰瀑布，此外，它还是一条会“突然跃动”的冰川，这在全世界的冰川中都是非常罕见的。在我国境内的46298条冰川中，只有两条冰川会做这种“特技动作”，一条是米堆冰川，另一条是相距它200公里左右的雅鲁藏布江大拐弯旁的“神山”南迦巴瓦峰下的则隆弄冰川。

据记载，1988年7月15日深夜，米堆冰川突然跃动，断裂下来的巨大冰川末端冲入冰湖中，使冰湖里与断裂冰川同样大小体积的湖水狂涌而出，冲溃湖坝。几千立方米的湖水在几分钟内夹杂着泥石流翻滚而下，冲毁了川藏公路上大小桥梁18座及42公里的路基，使这条藏东南唯一的“生命线”中断达半年之久。

望着近在眼前如此迷人的米堆冰川，我们商量了下，决定要爬上去。虽然在购票时已经受工作人员警告，绝对不能攀登冰川，仅能在景区观望区域拍摄游玩。但既然都到了这里，我们又怎么能不上去呢，我还要喝冻啤酒呢。我的背包里还有数瓶拉萨啤酒和一堆零食呢，怎能浪费呢？火鸟还说要在米堆上嗑瓜子、吃泡面呢！

与藏民说了计划，他们不愿等待，因为他们说我们至少要花费3个多小时，他们表示不会在此等待，最后以四人100元的价格付账了。回城时我们自己徒步下山。其中一藏民临走时向我们要了电话，因为我们车子寄存在他家，他担心我们会在冰川出事，所以各自留了号码，保持联系。虽然前面还在恶狠狠地砍价，但这会儿他还惦记我们的安全，这个细节让我们小小地感动了一番。

我们沿着左边湖旁的石堆缓缓爬登，一路行走一路捡着形状各异的小石头，这可是手信呢。这话咋说呢，我回家后，加盐、加醋、加口水、飞喷加工一番："这石头是我爬上中国最美丽的冰川砸开冰面收集来的，很不容易，很特别的。"

朋友们收到时，会多感动。用这个做礼物送人，又可以省下一笔了。

经过两个半小时的艰辛攀登，终于到达米堆冰川了，我站在冰面上，听着冰层深处的流水

声，冰层顶峰飘拂着一片云朵，持久聚而不散。阳光柔和地笼罩整座冰川，感觉米堆极有灵性一般，暖暖的，让人心如止水。我将冰面砸碎撬一深坑，将拉萨啤酒放进冰坑里，埋上冰块，静待10分钟。

米堆冰川如同一条凝结成冰的瀑布，靠左边横断有一洞窟，深有数丈，往下探出头观望，发现底下一股小河流缓缓流动。风呼呼地吹着，寒气弥漫，我们不禁后退了几步，生怕脚一滑跌落得万劫不复。登米堆可要注意，安全第一。

不经意往前方望去，一眼万年，深深回眸，深深停留，愣了片刻，一阵愕然，用力呼喊："飞哥，你够狠！"

前方，一全裸人形呈现在米堆冰川上，在蓝天之下摆造着各种形态，而身旁之人，一劲儿猛拍，俺不禁感叹：真够劲！冰川上裸奔！纯爷们儿！

将冰埋的啤酒取出，一阵寒气侵入手掌，微微带丝刺痛感。

拉开，猛灌一口，冰寒的啤酒顺着咽喉滚下，口腔里一阵寒气冒出，清爽！痛快！不枉我攀山越岭将啤酒带来。

喝完啤酒，看完裸奔，手上的表针指向5点，我们该撤了。

经过两个多小时的下撤，夜色降临之时终于到达米堆村，双足隐隐作痛，因为我穿的是足球鞋，鞋底较软，登山性能不比火鸟玉儿的登山鞋，但也足够我完成全程川藏骑行。

夜幕降临，我们没有想到在米堆吃过晚餐后，竟然会如此地骑虎难下。

夜幕悄然笼罩着米堆村庄，由于道路无路灯，整条村庄顿时一片漆黑，伸手不见五指。入夜后骤变的寒风缓缓吹过，漆黑中，隐隐间传来一片低鸣，似牦牛嚎又如马嘶，一阵恐惧弥漫心头。

黑暗中，我们与留有电话的藏民联系，说明情况后，不到一分钟，他就从不远处一户房子蹿出，并带着我们过去，推荐着里面的晚餐，素菜15元，荤肉20元一碟。我们进去后随便点了些，静待晚餐。屋子里有个小伙子问我们要不要喝酥油茶，我们点头回应，他给我们各倒了杯酥油茶。小伙子很年轻，目测约11岁左右，正抽着烟。

这房子也属于他们家，屋内仅有五人，一藏妇抱着一婴儿，两藏童，一壮汉。当我们点好饭菜之后，那藏妇就开始给我们炒菜了，并建议我们在此过宿，收费是一人40元。住宿环境很简陋，床是类似木制绘红沙发般。

高原的沸点较低，他们家是用高压锅煮饭的，速度不算快也不算慢，炒菜速度是挺快的，味道还是可以接受的。出门在外，不能挑剔，而且在这仅有一户开业的村庄里，能吃顿饱餐算是奢侈了。住宿方面，虽然在此环境之下，一人40元是很贵，但也没有办法了，方圆数十里除这家就无别家开门了，忍一忍就过去了，就一晚上而已。

当我们饭后结账时，那藏妇却多收了我们15元。玉儿问清详情，给予的回答是酥油茶也要算进去。火鸟马上不干了："第一，是你问我们要不要喝的，没有说要收钱；第二，我们一路过来，酥油茶也喝不少了，第一次见要收钱的。"

"酥油茶也要用钱买的啊，别人不收是别人的事，就收你们一人5元！"藏妇见

火鸟一脸不愿给的样子，脸色马上阴沉下来，态度也来了一个大转圈。

“好，我们给。我们今晚不在这里住了。再见。”火鸟气不过，准备付钱走人时，那壮汉却不收了，并向我们道歉，但我们已经没有继续在这里住宿的兴致了。当我们走出门口时我听到他喃喃道：“没见过钱的人，这样做生意是以小失大，还以为自己占了多大便宜，沾沾自喜，真是笨蛋一个。”

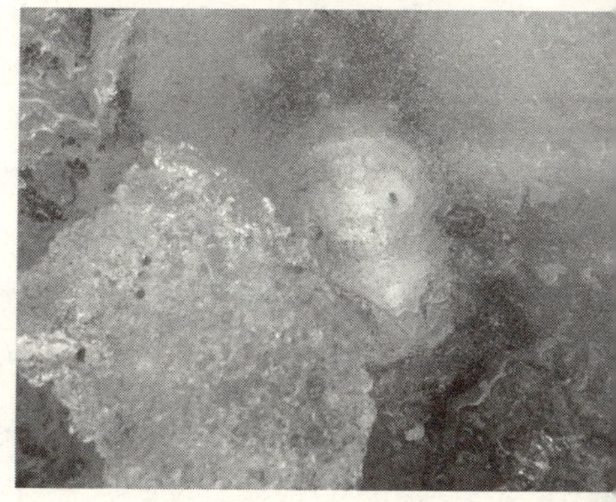

“爱住不住，随便你们。”那藏妇好像看定我们会住一样，不过情况或许也是这样，因为附近数十里都没有可投宿的地方，更别说米堆村。

当我们去拿车子时，那壮汉并没有因为我们不住而怠慢，反而热情地将附近情况告诉我们，让我们夜骑小心些。我们抬出了车子准备离开时，火鸟用藏族的调调向那壮汉告别：“你！够朋友！她！不朋友！谢谢！”

我们又夜骑了，只不过，今晚的夜骑并没有那么压抑，因为多了一个人，那就是阿呆。我们四人骑行在死寂的米堆村烂路，

仅有两人开灯，其余备用。

今晚的夜空特别干净，深邃的夜空点缀着无数繁星，一轮皎洁的弯月散发着淡淡光辉。我们的速度不急，但很快，车轮在黑暗的烂路上不断滚动，不停滚动。

持续一个多小时，终于看到不远处景点门口挂着的黯淡灯光，我们不觉加快速度，几个缓上缓下山坡在数分钟内就赶到那儿。我们望着紧闭的景点办公室，里面寂静沉沉，没有丝毫灯光，我心里拔凉拔凉的，难道要夜骑到波密？

“飞哥，里面貌似没人，我们咋办？”

“砸门！噢不！是敲门！”

“呯呯呯！”一阵响亮的敲门声打破了附近的寂静。

在二楼阳台突然间冒出一个人，朝我们轻声细语地喊道：“你们干什么？”

我们被吓得不轻，随即解释说：“我们是中午进去冰川的人，麻烦你们开一下门，让我们拿东西，谢谢。”

“怎么那么晚才出来？”

“我们爬上冰川去了，所以时间耽误了。”

“你们啊！不是告诉你们不能上去吗？”

我们完了，火鸟说漏嘴了。

“啊，有吗？我们忘记了，不好意思哦。保证下次不会了。”嘿，有下次再说吧。

看守的管理员最后还是给我们开门了，并执意可留宿我们，但无棉被。我们即使将全部衣服穿上睡觉，也难保明天不会感冒。高原上感冒事情可大呢，最后，我们还是选择往前方骑行，看看有没有可以借宿的地方。

据管理员说，往波密方向这段路夜骑很安全，极少出现打劫，只是路有点烂。白天封路，晚上放行，运输货车比较多，需多多注意交通安全。挥手与他告别之后，我们踏上夜路，在漆黑的318国道缓缓骑行。偶尔，一辆大货车从旁轰然经过，在耳旁如雷般响彻而起。我们将青蛙灯、前后灯全部开启，以警示货车。

黑暗中，在夜深人静的山区，在荒野无人的318，时光仿佛被人扯拉住般，艰难地跳动一滴一点。我们不断在黑暗中前行，前方一望无际，因为一片漆黑根本就望不到远方。

在景区门口时，火鸟怕玉儿跟不上，就让她喝了瓶红牛。玉儿一直都紧跟着，但夜骑已经整整两个小时了，她精神好像已经接近极限了，再也不愿继续夜骑，朝我们喊道："不要再继续骑了，难道要赶到波密去吗？距离波密至少需要6小时，我们在附近找地方借宿吧。"

"好！就在附近找找，看看有没有地方可以借宿。"火鸟见大伙夜骑了两个多小时，状态不是很好，再加上经过前几次夜骑发生的

事，再也不敢冒险了。

一边在黑暗中缓慢骑行，一边将电筒往附近照射，半个小时内，火鸟零零散散敲了数间藏民家的门，差点儿被藏民的狗当贼咬，幸好有围栏堵住，不然，我们火鸟英雄还真可能英勇牺牲了。面对几户人家的藏獒围攻，即使有武警保护，短时间内也没辙了吧。

半小时又悄然过去了，见有一大房子距国道不到10米，火鸟上前继续敲门，院内顿时传出一阵狗吠声，声音在寂静的夜空里回荡着，特别清晰。漆黑的屋子顿时透出朦胧的灯光，一中年藏民打开门用不纯正的普通话喊道："什么事啊？"

火鸟说明来意。藏族大叔见我们是骑车的，又有女生在，终于同意借地方、借棉被给我们睡一晚了。

藏民并无要收费的念头，但火鸟还是象征性地给了藏民40元，一人10元。藏族大叔把狗绑稳，带着我们进入院子里。院子挺大，有一棵看起来年岁很古老的大树，旁边放着一辆儿童单车、一辆大型拖拉机。他示意我们可以把车子推到院子里的树旁，待车停放好，将重要的物品带上。我们跟着藏族大叔上了一自制粗陋木梯，到达一小阁楼，推开木门，装上一小灯泡，"咔"一拉线，屋内马上亮了。

房间内堆放着一些杂物，藏族大叔由于普通话不是很精通，所以挺少说话，但从他的脸色可以看出，他还是挺欢迎我们的。他从隔壁房间足足拿了九床棉被过来，还问我

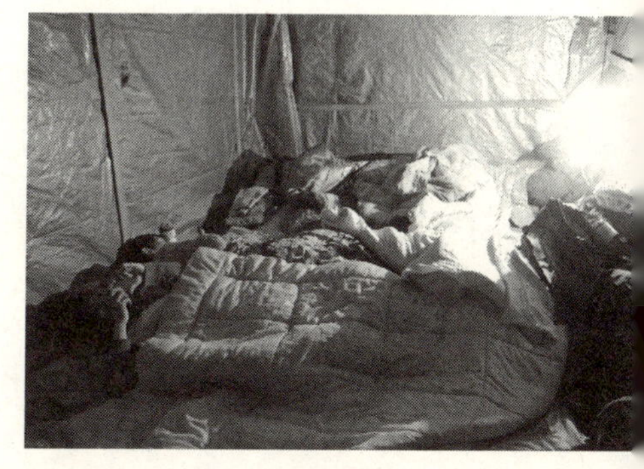

们够不够。我们摸了下棉被，还是挺厚的，铺了四床垫底，五床盖身。最后藏族大叔还拿来两大保温壶开水给我们，我们感激地道谢后他就走了，走之前还让我们有事可以叫他，真是好人。

火鸟待藏族大叔走后，如释重负地缓缓道："这大叔是一个有家业的人。我刚刚观察了，这藏民家有牛有羊有狗有车，称不上大富家庭，也属于小康，我们今晚在这里借宿还是挺安全的。下面还有一只狗帮我们看车呢。呵呵，大伙早点休息。"

用不着火鸟说，我也早躺下了，今晚累得够戗了。看看时间，已经11点25分了，大家又是在冰川上裸奔，又是唱歌，又是喝啤酒，折腾一天能不累吗？

我们四人躺在一起，感觉这里有点儿类似119道班的大通铺，只是环境比119道班还要恶劣一点。因为房间是木制的，木条与木条间有些缝隙没有封密，外面的寒风透过缝隙吹进，让我们感觉一阵寒冷。狭窄的空间只能勉强容纳五人睡下，幸好我们只有四人。棉被里弥漫着一股特别的气息，让人难以忘怀，但不得不说，确实很保暖。今晚唯有将就睡了，不过这感觉也挺有意思。

"啪"一声，仿佛跳闸般，灯光顿时熄灭，黑暗吞噬一切。

熄灯不到五分钟，我手机骤然响起。

家人来电……

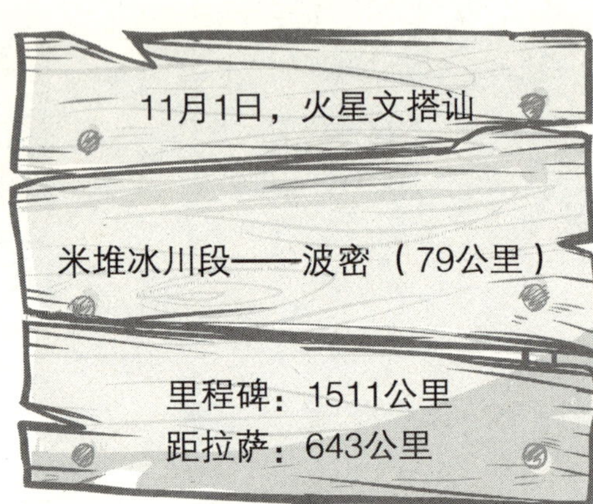
11月1日，火星文搭讪
米堆冰川段——波密（79公里）
里程碑：1511公里
距拉萨：643公里

90后骑行侠
90S
单车去西藏

光线透过木房的缝隙洒在棉被上，阁楼下传来“叮叮叮”的脆响声。伴随着铃铛响声的同时，还夹带着羊咩叫与狗吠声。

我侧过身子将棉被盖至头部，双手烦躁地掩住耳朵。想不到被子还有隔音的效果，声音顿时消失了，整个世界突然安静下来。脑海中不断浮现昨晚电话里绝情的言语，父亲冷漠地怒斥：“我给你三天时间！三天之后马上回来！要不然，你就永远别回来了！”

“永远别回来了！”仿佛一把尖锐的刺刀用力插入心脏，深深地、深深地穿透背部，鲜艳的血顺着刀锋缓缓滴落，心脏顿时一阵抽搐，过后，渐渐地停止跳动。

遍体鳞伤的你，还剩下什么？

那从小就让你无比熟悉的声音在黑暗中不断回荡：“别回来了！别回来了！”

“为什么？为什么！为什么啊！”当我在然乌收到他那条短信——尽快回家，我真以为他想明白了，真的可以理解并体谅

我的选择，那时我是多么高兴，多么兴奋！甚至第一时间把信息给火鸟他们看，幸福地对他们说：“我老爸没有反对，他默认我了，他竟然谅解我了，他只是叫我尽快回去。今晚的啤酒我包了！走！我们去买啤酒，至少喝上两打，我请客！”

没有想到，只隔了一天就来电告诉我这么残酷的现实。三天？在电话里我已经说了，至少也还有五天路程才能到拉萨，你就给了我三天？行！三天，日夜赶路我就不信熬不到拉萨！当第一天独自骑行开始，我就从没想过会退缩会放弃，即使现在三天内要从米堆赶到拉萨！

通话断线的那一刻，我准备收拾行装，打算独自连夜赶路三天骑到拉萨。火鸟将我紧紧地拉住了，苦口婆心劝慰着我别意气用事，并给我家人打电话说了几句狠话：“你要他三天回去是不可能的！现在道路在维修，没有车可以搭！你要他现在夜骑赶路走吗？这里有泥石流！有102塌方！后面还有一个老虎嘴通麦天险！他独自日夜骑行赶去拉萨！很容易出问题！你简直是要他死！”

经过十几分钟的沟通，火鸟将电话挂了，并摇头对着我说道：“你老爸不知这路有多危险。他这样逼急了你，独自夜骑危险性多高！我已经跟他讲好了，他同意你跟着我们骑到拉萨再回去，并给你一个星期左右的时间，放心吧。”

一股暖流从心间悄然划过，眼眶渐渐模糊，凝聚着雾气。真的很感动。得此队友，得此伙伴，是我的万幸。在旅途中，火鸟也一直关照我，对我无微不至，就像一个大哥哥对自己的弟弟一样。

“砰！砰砰砰！%$%@#@……！”门外传来一藏族小女孩叽里咕噜的呼喊声。

藏语我们是听不懂的，猜想应该是主人的女儿在喊我们起床赶路。火鸟说了几句火星文，她回一句藏语，他们俩一个屋里一个门外地竟然搭上话了：

“@#%$%#$%*^&&&!~~!!&嗯？”

“Jowangoewjoaiefffgrgegg嗯！”

“……89（））））…#￥%…+—嗯？”

“Cvmoijiooooodfnzekkejwfjrr嗯！”

大家大笑而起。

我们起床收拾行装。推开木门一阵寒流顿时涌进，房间温度忽然间骤降，我们不由得一阵冷战。踏出门口，牛毛细雨轻轻地飘飘荡荡。阴沉沉的天气如我的心情一般，让人感到无比压抑。已经习惯每日晴天相伴的我们，没有想到今日会是阴天，真难得我会扳回一局，抵消一只烧鸡了。

提着驴包缓慢下着木梯，愕然发现，原来昨晚睡的小阁楼下面，是藏族大叔家牲畜的窝，到处堆放着黄金地雷，难怪清晨传来众多“乐曲”。大家不禁一阵傻笑，人生第一次睡在这么有意思的地方。无视旁边藏犬的怒视，告别大叔，推车出门，往波密去！

当我们准备上车骑行时，却发现肚子在抱怨了。火鸟已询问过大叔，附近没有商店可购早餐，我们唯有啃着所剩无几的干粮充饥。

今日我的状态不是很好，骑行不到半小时，已经饿得头冒金星，狠狠灌了数口水，以水暂时顶腹充饥。我们昏昏沉沉地骑行，不远之后，发现了路旁一辆严重扭曲的面包车，估计是遇到大型泥石流，或是从山上滚下。看车辆变形程度，人如果当时在车内，估计是活不成了。生命，有时候就是如此脆弱。默默地哀悼，安息。悲剧的出现，也让我们头脑清醒了一点，小心赶路。

骑行两小时之后，到达一小村庄——中坝村，旁边有一兵站，附近有一间小商店。我们两眼发光，已经饿得不行了。四人一拥而上问店家有没有什么能吃的，店家道："你们再晚来几分钟，我就关门走人啦，现在只有泡面，要不？"

"要要要！"我们异口同声道。

当饱餐一顿之后，我们继续沿着帕隆藏布江骑行。途中遇到数段封路栏杆，有两段是严查盗木的，严查破坏森林乱伐树木。在路旁见到一警示牌：森林是地球的肺，保护森林是人类的职责。

波密，已经遥遥在望了。望着楼房离我们越来越近，玉儿就越起劲儿。当踏入波密县城口时，她蹦起老高，无比感叹道："好大的城市啊！连红绿灯都有！第一次见那么大的城市！不愧是波密！"

"波密，藏语意为祖先，位于西藏自治区东南部，是西藏商品粮基地县之一，是出口菌类松茸、羊肚菌的重要产地之一。境内海洋型冰川发育极

好，有著名的卡钦、则普、若果、古乡等冰川，隶属林芝地区”。

我们住在“干警招待所”，20元每人，可以洗澡。公共浴室的水可大呢，冲得真爽！从然乌出发后，已经两天没有洗澡了。在骑行川藏路途中，最高纪录是三天多不洗澡，因为沿途有些旅馆没有热水，你总不能洗冷水吧？在如美我洗过一次后就不敢了，因为藏区的冷水不是一般人能洗的。

我们安顿好之后，寻晚餐时，经过一间餐馆，名叫：帅哥餐厅。

我们被店名雷得不轻，顿时冲进店里，并叫了老板出来，望了他样子之后，失望而逃。

中年大叔老板，怀着五月身孕般身材，还敢自称——帅哥！

晚上享用了不少烧烤与啤酒，本想安稳地撇开烦恼静睡，明天尽力赶路，争取快点到达拉萨。不过，心急赶不了远路，我们都没有想到，明天会让人如此措手不及。

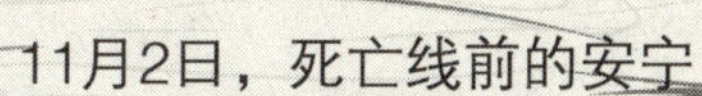

11月2日，死亡线前的安宁

波密——帐篷营地（21公里）

里程碑：1532公里
距拉萨：622公里

在波密，我依旧是最后磨磨蹭蹭起床的人，但依旧是以最快速度装好行李，牵着“红颜”的手缓步走出旅馆的人。

波密的天气就像放映着黑白无声电影一般沉默，抬头依然是阴沉失色的天空，不时飘落鹅毛般的雨丝。你怔怔注视前方，在你面前是一条宽阔的车道，道路上的行人默默地快步走着，身影愈走愈远，渐渐模糊，静静融入白茫茫另一处。突然间，你发现，原来这个世界可以如此陌生，两人交错而过的那瞬间，甚至连一丝空气涟漪也不曾荡起。

或许，我们就曾在某青旅相遇浅识，微笑浅谈后交换祝福，交错而过。

若干年后，甚至我们再次在某处邂逅，在你的脑海中可能搜出我的身影？

我们都在各处时光中不断流逝，

我们都在各地角落中不断流窜，

我们都在各自梦想中不断流浪，

我们都在为心灵寻觅栖身之所。

有梦，便能飞翔！

这是我在川藏线上和自己的内心说的话。在独自骑行的那些天，累的时候我就会稍微停下来，跟自己说说话，大喊一声，然后继续爬坡。

我一直坚信着，每一个人，都有属于自己的梦想，都有属于自己的世界。

即使，那是小小的梦想。即使，那是封闭的世界。

我一直坚信着，每一个人，只要行动就会有收获，只要坚持就会有结果。

即使，那是贫瘠的收获。即使，那是无花的结果。

如果，连心门都不能踏出，那，还谈什么以后？

如果，连自己都不能征服，那，还谈什么他人？

踏出第一步，所跨过的，是你心中的那一道坎。

任何的限制，都是从自己的内心开始的。

人之所以能，是因为相信能。

收起有些凌乱的思绪，我需要在短时间内开始调整好心态，前往通麦！

出发去往通麦之前，我需要饱餐一顿。从雅江开始，我一直都没有见到沿途有卖豆浆的。波密，竟然有豆浆油条卖，真是太激动了，我们要求老板给我们煮了三大碗豆浆，豆浆里放鸡蛋煮，多糖。我小时候最爱这种煮法，再加上新鲜滚热皮脆的油条，真是人生的一大享受。

波密的豆浆油条早餐大约是骑行至此的驴友们的最爱了。一顿饭下肚，郁闷心情顿时一扫而空。火鸟昨晚剪发时遗漏在发廊的电筒也在刚才找回了，同时备上了不少干粮。我们现在能做的就是——马上出发！

刚刚出波密门口，前面就遇到一大群朝圣者。有多大群？目测有三四十人，两辆拖拉机、一辆小货车跟随其后。他们在城口处扎营，在溪边洗着衣服。我们依旧交换祝福：“扎西德勒。”

出城口不久后有一个大上坡，艰辛的上坡骑行完成之后，我们歇息了一会儿。由于天气光线等问题，大家都没有拍摄的欲望。继续前行，在里程碑4028

处，我们发现右边空旷的草地边有一木房，一条顺畅的土路延续而达，这里距县城约有20公里。

突然想起那天在然乌侃天聊地那个晚上，痞子曾对我们说："在通麦住的是向大姐家，她非常细心，非常健谈，连洗单车的刷子都准备好了。将近波密时住的是距县城20公里的帐篷营地，那里是一对夫妻开的，老板是一小伙子，数年前骑川藏线到拉萨，今年就到那边开旅馆了。那不是一般的旅舍，是住帐篷的，他们会提供帐篷与防潮垫和睡袋给你们。"

痞子脸含笑意接着道："那里可有意思了。他家有两只狗，一只黑猫。那只黑猫是一个小女孩从云南徒步带过来的，居住在帐篷营地时发现它病了，不适合继续带着，就交给店长照顾了，晚上狗猫睡觉时，你猜怎么着？"

"它们竟然抱在一起睡觉，我可没见过哪家的猫狗会这样，实在太可爱了。"痞子笑呵呵道。

我们到达帐篷营地的时候，忍不住过去向店长打了声招呼。

店长也非常热情，因为他也是车友，说起来还算是前辈。他说数年前的路比现在的路可难骑多了。我们看看时间11点多了，商量了之后，打算在此享用午餐再走。我们在享用午饭的过程中，果然蹦出了两只狗和一只黑猫。一只棕黑混色，身穿华丽袍子的狗，名叫滇藏。有着两色阴阳眼无尾巴的棕黄色小狗，名叫毛毛。娇小柔声一身黑裳的小猫，名叫小乔。

在我们吃饭的过程中，它们蹦来蹦去，窜来窜去，可怜巴巴地望着我，我顿时沦陷了，不行了，不行了！我扔，我喂，我砸，顿时把肉都贡献给它们了。惹得火鸟一阵眼红，差点儿把我给剁了，顺手也扔去喂了。

午饭就在我们的嬉戏中过去了。时间过得很快，不知不觉中，阴沉沉的天空已经开始缓缓消散，阳光透过云层倾洒而下，我们该离开了。

而这时，玉儿底气不足细声弱弱地说道："不如，我们在这里住一天吧，明天再走好吗？"

我沉默了。我时间并不多，一个星期。如果今天在这里浪费一天，往后的日子就不能再浪费了。其实我也不是很想赶路，想在这里待一天。我犹豫了片刻道：“如果，往后的路程不再休息的话，那就住吧，明天再赶路。”

“往后的路程中，已没有什么值得停留休息了，放心好了。”火鸟道。

“YEAH！太好了！”玉儿蹦得老高，兴奋得不得了！

我们的脚步停留在这里了，停在这个如世外桃源般的地方，傍山面河，绿草如春。火鸟问店长附近有没有什么地方好拍照的，店长就带他们三个去了对面小森林一带，而我却摇摇头，兴趣索然，仿佛连动一根手指的兴致都没有了。静静坐在木屋门口，望着身旁几匹马在溜达，啃草，远处不时潜入几只牦牛撒野，惹得老板娘扔石头吼喊着赶牛。

天际上的气流吹散乌云，展露出蔚蓝的天空。柔和的阳光甩照在身上，一阵清新的秋风吹过。耳旁不时传出滇藏兴奋的吠声与毛毛凄惨的叫声，我轻轻将小乔抱入怀中，轻抚小乔柔滑的黑发，不禁感叹，能如此安逸地活着真好！

晚饭过后，我们和店长逐一交换了一些照片，在厅中闲聊，直到睡意绵绵，准备扎营睡觉。

希望，明天是个晴天，能顺利通过有着“死亡线”之称的102塌方地带。

希望，能尽快到达拉萨。最后六天了。

希望希望不是奢望。

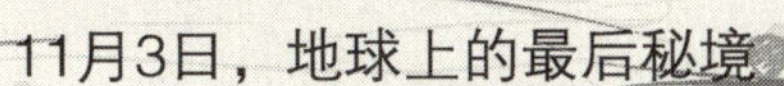

11月3日，地球上的最后秘境

帐篷营地——通麦村（71公里）

里程碑：1603公里

距拉萨：551公里

轰轰轰！

漆黑中，我们被连绵不绝的巨响惊醒，顿时感觉帐篷剧烈颤动起来，帐内温度骤降，一股湿气雾气突然升起，原来下雨了。

在藏区寂静的凌晨，哗啦啦的暴雨声如惊雷般响彻耳旁，无论如何努力去掩耳闭目地尽力与周公联系，依旧徒然无功。不知不觉中两个小时已经过去了，雨滴蹦跳在帐篷上再缓缓滑落，耳旁传来不知是火鸟还是阿呆若有若无的打鼾声。我侧身紧抱双膝，在睡袋中依然无法入眠，感觉仿佛坠入冰窟之中，温度一点一点缓慢流失。不再坚持了，拉开帐篷，穿起拖鞋，开启电筒，潜入一楼唯一无人住宿的木房，看到有两床棉被与一床睡袋堆放在木床上，想起白天听店主说起："此处是杂物房，也是为不爱住帐篷的驴友而准备的。"

封闭的木房里，温度比帐篷高不少，不再多想，将整个身子钻进棉被窝里，不到5分钟，周公来寻。在一暖和梦幻的空间里，我与周公的女儿牵手漫步。那一个朦胧的动人倩影，我紧抱

她的轻柔柳腰，她白皙的纤手轻轻托起我的头，我似乎闻到一阵阵的幽香。随着两人的脸庞缓缓接近，我的心“怦怦”地剧烈跳动，当我将要嘟嘴一亲芳泽时……

“砰砰砰！”一阵阵脚步在木板上用力跑动的声音响在耳旁。

“Shit！奶奶的！哪个杀千刀的！”我就差那么一点点就亲到她了！我伤心欲绝，仰天不断哀号着。

“嘎吱——”木门被拉开，寒气顿时涌入狭窄的木房，我猛地打了一个冷战。白茫茫的光门中映出阿呆惊愕的脸容，他望着我疑惑道：“你不是在帐篷里吗？怎么跑到这儿睡觉啦？”

“靠！”我从牙缝间狠狠吐出一字，随即棉被盖头卖力去连接周公，但周公无丝毫回应。

阿呆拿完洗漱物品离开之后不久，火鸟和玉儿接着也过来了。我带着黑眼圈无奈起床，并向他们解释道：“昨晚半夜下雨，冷死我了，然后我就跑进来睡了。”

“不冷啊，我们睡得可好呢，睡袋刚刚好。”火鸟疑惑道。

“我知道了，南方过来的娃儿。”玉儿似专家般解答着。

“……”

吃早餐时，老板娘听到我提起睡袋不够暖时，顿时将员工训了一顿：“睡觉前应该问客人睡袋够不够用。楼上有很多睡袋，增加一两个也没事。”随即转向我道歉。

遇到这样有诚意的老板娘，搞得我很不好意思。服务态度没话说，为了补偿我，还赠送了一袋早餐面包呢。呵呵，我当然来者不拒呢，不要白不要嘛。

早餐后，视野中的绿野山峰已变成了白雪皑皑的世界，雾气覆盖弥漫着，仿佛人间仙境般，温度也比昨日降了许多。值得庆幸的是，阴天无雨。我们告别帐篷营地，告别小乔，告别滇藏与毛毛，准备离开了！

往通麦去！

缓缓骑行在顺畅的柏油路上，沿着帕隆藏布江一路缓下，偶尔有一些小上坡，道路两旁是如原始森林般的绿化带，高耸的大树遮盖了半边天空，景色非常迷人。经过一架挂满五色旗幡的木桥时，火鸟说，此处就是墨脱的入口了。每年都有不计其数的驴友进入墨脱徒步穿越，探险，体验。

据资料记载：墨脱的藏语意思是“隐藏着的像莲花那

样的圣地”。在佛教的观念里，莲花是吉祥的象征。墨脱被称为“隐藏在云雾、雪山、密林中的人间绝域”、“地球上的最后秘境”。从前去墨脱，必须翻雪山、攀峭壁、穿密林，用自己的双脚长途跋涉、步步丈量。通往这天堂般美丽地方的道路如同炼狱，江两岸的山壁陡峭，深谷中江水汹涌，许多路段是在峭壁上凿成的天险，一面是陡峭的山崖，一面是万丈深渊；山口处不分冬夏都是白雪皑皑，沿途是猝不及防的雪崩、骤雨、飞石、泥石流等诸多艰险。

政府曾选定了五条修路路线，并付诸了实施。但因多方原因，最终未能让汽车顺利驶进墨脱。许多专家经多年勘察，得出的结论是：墨脱处于喜马拉雅断裂带和墨脱断裂带上，地质活动频繁，是地震、塌方、泥石流的多发地带，加之墨脱的气候潮湿多雨，使得墨脱实现通车的愿望困难重重。

20世纪90年代，全程141公里的扎墨公路（波密县扎木镇至墨脱）建成。这条耗巨资修成的公路，只开进过一辆汽车就宣布报废，而这辆车开到墨脱后就成了永久的“文物”。公路上长满了灌木和杂草，许多路段路基已坍塌，有的地方已成了巨大的滑坡面，路上架设的桥梁仅剩下一些锈蚀的钢架。

继续往通麦骑行。到达古乡精美的邮政所时，我们都惊叫了

一声。我们从来没有见过如此精致的邮政所，石砖砌建而成的宽大石房，艳丽的彩绘点缀在规律的横条形中，小木窗隐隐反照着阳光，一位藏族妇女牵着一条雪白藏犬默默经过，一片静谧感弥漫整条街道。当我举起相机陶醉在拍摄中时，火鸟大叫一声，他发现，他的电筒又落在帐篷里，唯有致电店长询问一声。店长接电后二话不说开车送来，实在让人感动。火鸟与玉儿在原地等待，我与阿呆先骑去通麦，他们随后尽快赶上。

帕隆藏布江由一丑陋的小河逐渐汇集成一美丽的湖泊，不久之后更是幻化成一幅醉人的油画。如油画般让人感觉不真实，我们仿佛在虚拟时空里骑行，湛蓝天空中飘拂着几朵白云，柔和的阳光倾洒在帕隆藏布江，旁边的小森林涉入水中，碧绿的河流静如止水，碧绿得让你感觉不到它的真实，静得让你感觉不到它在流动，让你不自觉地陶醉在此幅碧山绿水的油画之中。

经过数公里的爬坡到达里程碑K4077后，我开始为急陡曲折蜿蜒的下坡作准备。“呼呼呼……”耳中传入气流剧烈掠过的撞击声，码表瞬间达到52速。我前半身俯下如飞鸟般急速冲刺，身旁的景象随之不断抛后，一急刹一急转，一顿一停，车轮剧烈颤动，道路被划过一道轮胎黑痕线，眼前白色的里程碑上写着：G318国道，K4081。

鲜艳红漆雕刻的数字顿时刺痛了我的双眼。我眼眸泛红，眼眶逐渐模糊。视线向下缓缓地移动，嫩绿的杂草矮叶透出坚忍的生命力，而杂草覆盖过半的白碑上露出仿佛即将被磨灭消失的两个黑色大字，模糊的黑字却更胜红漆数字，顿时攻克我的心神，刺痛我的心脏。

秋风轻轻拂过我的脸，淅淅卷起数片枯萎落叶，世界在此刻顿时消失，仅仅只有那黯淡的两字。

里程碑最下方赫然呈现着模糊两字：安息！

2010年，日期不详。何方人士，不详。年纪性别，90后男生。遇难此处，G318国道，K4081处。

触摸着白色里程碑，顿觉一阵寒气入侵，我默默鞠躬三下，轻声叹息：兄弟，一路走好。

离开K4081处，随之到达K4083处，依旧是杂草蔓延，依旧是孤寂耸立，依旧是进藏英雄，依旧是默默鞠躬。怔怔望着K4083里程碑上扭扭曲曲地呈现出：兄弟，愿一路走好，福建荒鹰。2009年，G318国道，K4083处。一男性车友遇难此处。

川藏线著名“死亡

线”102塌方区，这个称呼名副其实，每年都会有塌方发生。不过经过“武警交通部队一总队四支队”机械化部队的抢修，一般不到23小时就能抢修成功。自行车绝对能过，大汽车可能就需要等待了。

据资料记载：

102塌方区，1988年的一场特大暴雨，使地质松散的加麻奇美山整体垮塌，公路完全被毁，虽经抢修通车，但却变成了“三千公里川藏线”上最危险的地方。

1988年—2006年，共翻车50多辆，70余人死亡。并且，这里每到雨季，滑坡、泥石流、流沙平均每隔3分钟就发生一次。当地人把这段公路叫做“死亡线”。

102塌方区是川藏线最难攻克的难题。一次，发生大塌方，半个山体都垮塌了。全中队奋战了几个月新修的路基，眨眼就不见了。战士们心疼地哭了。哭完了，大家接着干。施工中，官兵们每天都要面对10多次小塌方，飞石经常从头顶掠过。

基于102塌方区的恶劣条件严重影响行车安全，从2006年起，国家投入2亿元对102塌方区进行修缮，已经竣工，极大地改善了102塌方区的路况。

我们的运气不错，与阿呆谨慎地经过102塌方区后，再骑行数公里就到达通麦乡村了。通麦海拔仅2070米，是川藏线西藏段

的最低点。我们住在痞子推荐的通麦兵站正对面的“向大姐驴友驿站”。这个驴友驿站比我们想象的要大很多。值得一提的是，向大姐这儿的豪华厕所是名副其实的观景台，帕隆藏布江在旁轰轰奔过。

在到达一小时后，玉儿与火鸟陆续赶到。驴友驿站的向大姐对我们很热情，非常健谈，话匣子一开，就稀里哗啦地没完没了。这里供应的饭菜分量比其他饭店多一倍，超级感激。大厅还提供电脑免费上网，不过仅有两部电脑，旺季时估计也只能供驴友抢着用，幸好现在仅有我们几个人。

夜幕降临，所有人都已进入梦乡，我躺在床上，回想起那两位遇难车友，心里一阵难过。

我微博前一个星期写下的一句：“如果有一天我失踪了，只有两种可能：我在路上，或者，死在路上……”

其实，我他妈比谁都渴望能活着。

我不知道，这么做，是否任性，是否叛逆；

我不知道，我会否在千里无人的戈壁渴死；

我不知道，我会否在雪山之下因雪崩而盖；

我不知道，我会否在黑暗中被劫贼捅数刀；

我不知道，我会否与道路大货车亲密接触；

我不知道，我会否……

你又知不知道，其实，我比谁都渴望能活着。

但，我能胆怯吗？但，我能放弃吗？

但，我胆怯，能面对自己吗？

但，我放弃，能不感遗憾吗？

或许，当我被这个物欲横流的社会同化时，我会放弃！

但至少，现在不能。

驴友驿站舒服的大床和食物，会让我明天重新充满战斗力。

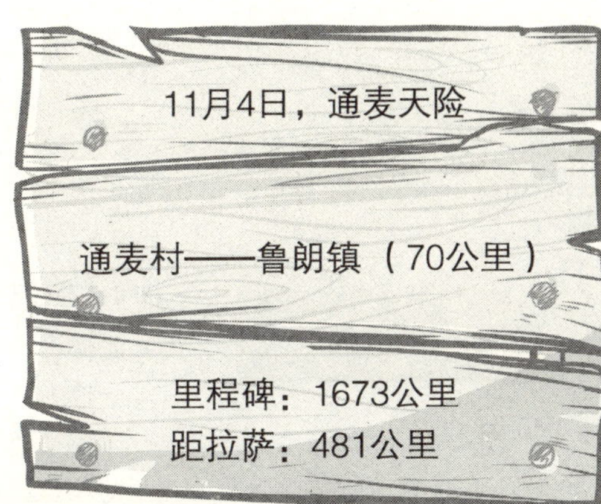
11月4日，通麦天险
通麦村——鲁朗镇（70公里）
里程碑：1673公里
距拉萨：481公里

90后骑行侠
90S
单车去西藏

当天际迎来第一缕轻柔的曙光时，我们就已经起身整理行装了，在向大姐家吃过丰盛的早餐后就出发了！往鲁朗！往八一！往工布江达！往松多！往拉萨！

让我魂牵梦绕的拉萨圣城，已经开始倒计时了，等我的到来吧！

告别驴友驿站的向大姐，告别通麦村，与“红颜”踏上国道。骑行不到数公里后，上好的柏油路转为颠簸的烂土路，不久之后便见一座特长、特宽阔的坚固铁桥——通麦大桥。通麦大桥横跨在两座山脉断崖之间，铁桥的两方各建立着木房哨站，武警们井井有条地指挥两方排队等候过桥的车辆。每次仅能容许一辆通过，因为桥梁负担有限。货车过桥时是禁止行人同时过桥的，小车倒是可以勉强一起同行。趁着眼前的越野车准备过桥时，我推车快速跟上，桥上车速有限制，小跑推车紧跟车尾安然通过。

通麦大桥是架在易贡藏布江上的，铁桥下的易贡藏布江轰轰翻涌，渐渐融入帕隆藏布江，在下游汇入雅鲁藏布江。江水滔滔流动，我们都不约而同松了口气，因为我们并没有遇到汽车兵车队过桥，不然一辆军车约要用两三分钟通过，汽车兵一趟约50辆车，那可要足足3个多小时。

过桥之后就开始进入传说中的通麦天险了，路旁有一提示牌：前方14公里便道为地质灾害危险区，易发生塌方、泥石流、飞石、路基垮塌，请谨慎驾驶！

前方的路顿时变得非常狭窄，路面也变得十分泥泞。上下坡度很大，有些地方只能推行。在路边的山壁不断可以看到写着提示“险”、“慢”的路牌。道路的一侧布满茂密森林的山体如刀削斧劈一般，道路是在半山腰硬凿出来的，另一侧则是山崖下汹涌的帕隆藏布江，我们骑行在山腰盘旋着缓缓向前。由于过桥之后就是长达25公里的烂路，应注意深深的泥沼，车轮一陷入泥沼里往往动也动不了，需要花不少力气方能拔出，我只能半抬半推，涉泥泞而过。

这个时刻，你会忍不住捂着嘴偷笑，因为陷入泥沼的摩托车、小货车、越野车比比皆是，连扛车、推车也使不上劲儿，此刻我们会有一种优越感：“小样！爬坡不是很快速吗？扬灰尘不是很给力吗？慢慢在泥沼中挣扎呗。不服气？学哥扛车过呗。”

不久之后，车辆越堵越塞，彻底瘫痪了。骑行不到数公里后，发现汽车兵车队缓缓从身旁经过，目测约40多辆，此道路将雪上加霜，敬礼！等车队都停住后，我们才悠悠推车而过，单车最不怕堵车了，希望他们在武警帮助下可以尽快疏通吧。

玉儿无比怜悯地说道：“可怜的娃儿。”

由于玉儿烂土路骑行速度缓慢，我与阿呆一马当先前行探路，火鸟唯有陪同玉儿蜗速前进。约骑行11公里后便是通麦天险，老虎嘴，数个山崖峭壁连续转弯后，便能看到雅鲁藏布江观景入口处。无数麻绳扎缠而结的木板桥，从峡谷内呼啸而出的狂风，将木桥上的五色经幡高高扬起，木桥顿时被吹袭得有些摇摇欲坠，江水在木桥下轰轰奔腾而过。

我与阿呆停下来休息，等待火鸟和玉儿，当我踏进桥头时，背后却传来一声大喝：“喂！你们干什么的！这里不能进去！”

在木桥的入口正对面的小卖部，走出一个高壮的男人，喝止我之后，朝我们接着道：“你们要进去吗？收费一天80元，先付

600押金，我这里有干粮售卖，你们可以在我这儿买。”

壮汉一身汉族人的装扮，古铜的健康肤色，蓬头垢面，目光深沉，等待我们的应答。

“呵，大哥，我们骑车去拉萨的，在桥头拍拍照就好了，不打算进去。不过肚子倒是饿了，就买点吃的吧。”我朝他缓缓解释着，并拉着阿呆朝房子里面去，车子停放在门口，火鸟和玉儿路过时也能发现。

踏入小卖部的门口后，发现里面的货物挺齐全的，各种压缩饼干，各种维生素饮料，各种零食。我们拿了两碗泡面，20根小火腿肠，价格也公道，泡面5元，火腿肠5毛，可知道我在折多山半腰一样的火腿肠却是6倍价格，现在买多点以后也能吃呢。

有些污迹的白色墙上，钉挂着一柄古朴的藏刀。我吃着面啃着火腿肠，朝大叔问道：“这藏刀挺精致的，自己制造的？”

“这是上辈传下来的，我用这刀在山里屠了一只豺狼。”大叔往长木凳里的狼皮指了下。

“厉害，我能碰碰这刀吗？”

“行。”

我触手抚摸着面前精致的刀柄，入手双臂一沉，我备感诧

异，如此沉重的藏刀，如何灵活使用劈砍？刀柄上刻雕着神秘的纹理，缓缓将刀拉出不知何种动物皮所制的皮鞘，映入眼帘的是毫无光泽的刀身，仿佛是烂铁随意砸炼所制。有点失望，心中还以为是电视上所谓的绝世好刀，一出鞘光芒暴闪，寒气逼人，再来一个自寻滴血认主，再之后，带着此刀横扫江湖。

将近一个多小时过去了，火鸟与玉儿影子都见不着，当时我们就相距约一公里，不可能如此长的时间都追不上，拨通火鸟电话后传来："你们先走，我们没事，马上跟上，不用担心。"

随即电话就断线了，我心里暗叹：又吵架了。

经过25公里跋山涉水的烂土路，又开始上好的柏油路，一路基本都是很缓很缓的上下坡，直到距离鲁朗将近30公里的东久乡。因为到东久乡之后基本上都是缓上坡，中间10几公里是超陡坡，简直不亚于爬一座山头。上坡虽然痛苦，可沿途风景真不赖，茂盛缤纷的森林，清澈静谧的小溪，有一些阿尔卑斯山的感觉。

随天际最后一抹光线的消失，天空逐渐被黑暗扩散吞噬，前方开始变得模糊，但，终于在完全天黑之前赶到鲁朗了！火鸟与玉儿却没有那么幸运了，在寒冷中夜骑了一个多小时才姗姗来迟到达鲁朗。玉儿与我们碰面之后不停抖动地喃喃道：“好冷，好冷，好冷啊。”

鲁朗现在已经变成石锅一条街，95%的店铺都是石锅餐馆，到鲁朗不吃石锅鸡确实是一件遗憾的事。听老板说，这里石锅是用一整块石头掏空而制的，鸡则是当地藏民养的土鸡，用雪山上流下的溪水配以人参、藏贝母、百合、枸杞等药材慢慢地炖，简直是人间美味。不过价格有些偏贵，需要两百元一锅，不过既然来到此地，尝尝倒也无妨。

晚上，鲁朗的气温很低，外面天寒地冻，我们饱餐一顿后，早早入眠……明天，将到达林芝地区除拉萨城外最繁荣的地区——八一市！

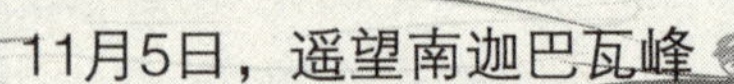

11月5日，遥望南迦巴瓦峰

鲁朗镇——八一镇（71公里）

里程碑：1744公里

距拉萨：410公里

“咚咚咚！”铁质保温壶随着我用力的摇动而传出一阵沉重的撞击脆响声。

我朝火鸟他们挥了挥手，十分惊讶道：“昨晚保温壶忘记拿进去了，今早里面的水竟然结冰了！”

玉儿不屑道：“有什么好大惊小怪的，将你扔在外头过一夜，第二天准变冰棍！”她用脚踩了下前方不远处的积水，转回头对我喊道：“阿骑，瞧！积水都结冰了，现在至少零下好几度，真够冷的！”

“没事，现在已经11月了，零度也正常，最后几天了。熬一下就过去了。纳木错那一带现在已经大雪封山了，车辆也进不去，再过两个星期，这边估计也得大雪封山了。”火鸟领着我们进餐馆后随意坐下慢慢解释道。

一阵葱香焦肉味弥漫整间餐馆，若隐若现的麻油烟雾飘来，随着鼻梁的伸缩钻入些许，香味直接透过鼻腔穿越咽喉，缠绕在肺腑之中，犹如多年未抽烟的老烟杆般，欲罢不能，顿时胃老祖

宗一阵剧烈蠕动："老板！给我来10份！"

"没有了！卖完了！"

"你这油锅烧饼不是还没出炉吗？没事，我等你这锅就得了。"

"这炉已被人先预定了，只能等下一炉了。"掌柜摊手无奈解释道。

"我等！"

此店弥漫着的香气就是从不远处的铁炉上的大铁锅传出的。圆形大铁锅不算大，每10多分钟出炉一次，一次10多个饼，中途掌柜多次掀盖翻饼使两面受热均匀。这饼疑是青稞粉夹新鲜牛肉加嫩绿葱花和细土豆，再涂抹秘制酱料，窝在铁锅里用麻油煎焗而成。

正在我们苦苦煎熬就快等到烧饼出炉之时，却杀出一个"程咬金"来。知道我们在排队等待，壮汉却执意要掌柜先卖他。火鸟眼看他将要伸手拿走时，霍然站起吼道："喂！你这人怎么回事！排队啊！"随着火鸟愤怒的咆哮，壮汉的脸色迅速阴沉下

来，眼神锐如刀锋狠狠瞪着火鸟，大有一言不合便拔刀相伐之态。

“想怎样？”火鸟视若无睹，眼神沉如止水无丝毫波动，气势如虹毫无怯意，大有想打就给老子放马过来之势。

整间餐馆的人都惊愕地望向两人，顿时一片寂静，玉儿脸色担忧地轻拉火鸟衣角。

最后，掌柜拉着壮汉让其坐下，打破僵局朝我们道：“这炉给你们四个，下炉很快就好了，别着急，别着急。”

接过脆黄酥香的烧饼，数人无视壮汉直接塞进嘴，先祭祭五脏庙再说。饱腹之后，将水壶装满开水，又买了些包子馒头作干粮，就离开了。我很欣赏火鸟这性子，威武！不过出门在外还是低调一点好，不要让坏情绪影响我们骑行川藏线的伟大计划。

我们出城不久后就很快忘记了这一段小插曲。湛蓝天空之下，整片山脉生长着茂密的松树林海，偶尔传来一阵风波吹动林群，掀起一层盖一层的郁绿浪花。路旁秋季土黄的草甸上，轻盖着一层银纱般的雪霜。草坪之中蹿出一条清澈河流，淅淅缓慢地游动而过。河沿碎石结成洁白的冰碴，在柔和阳光的照射之下，如顽皮的精灵朝我们眨着闪烁的眼睛。我们置身在美妙幻境之中，陶醉不已。

离开城门数公里后，又开始爬坡。路旁的草甸上到处是积雪，我们转山蜿蜒而行，每一急弯峭壁处都装置有一大圆镜，确保可以清楚地看到弯道后面的行人和路况，以免发生相撞意外。

林芝地区果然财大气粗，洁净平坦的上好柏油路，路旁设有铁质坚固围栏，并在山腰开发出免费的旷地停车歇息站。在之前的众多山路中，随处可见红牛罐、零食包装、杯面壳，这些都是个别的车友、驴友所留下。我只想说：有些规矩，该遵守的还是要遵守。藏地区域很多地方都被游客污染了。或许，到你儿女那一代时，他们已经见不到清澈的河流、湛蓝的天空。

经过山腰鲁朗林海观景区，欲想进去时，却被守门大叔告知需要购票，闲聊了几句后我就悻悻离开。将要到达垭口时，遇到一群朝圣者，依旧交换双方祝福“扎西德勒”，往心中同一目标而去。

终于到达色季拉山垭口了，据说，色季拉最出名的是那满山遍野的杜鹃花。色季拉山的杜鹃花面积大，品种多，盛开期间气势浩大，景色极为壮观。全世界的杜鹃花约有850种，我国约有460种，其中西藏170种，占世界杜鹃花品种的1/5。林芝县色季拉山区域里，海拔2900米至5300米范围内密布杜鹃花，以直线距离测算，面积达1000多平方公里，品种达25个之多。

色季拉山的杜鹃花4月中旬到6月底从山脚到山顶依次开放。尤其是进入6月份，整座山上的杜鹃花全部绽放，黄色、白色、紫色、大红、浅红、粉红等，形形色色，千姿百态，形成花的山、花的海，气势极为浩瀚壮观。

可惜，我们无缘相见了，10月份，杜鹃花基本是见不着的。

站在色季拉山垭口，一阵柔和轻风抚过我的脸庞，五色经幡

在顶端轻轻飘荡，巍峨的南迦巴瓦峰耸立在天地之间。静静远眺南迦巴瓦峰，突然想起景点守门大叔说的话："小伙子，你运气真好，南迦巴瓦峰常年云雾缭绕，平日难以相见。但，今天这样的好天气绝对能看到。一年之中，只有短短的一个月时间才能见到的。"

据资料所述：南迦巴瓦峰是中国西藏林芝地区最高的山，海拔7782米，高度排在世界第15位，但它前面的14座高山全是海拔8000米以上山峰，因此南迦巴瓦是7000米级山峰中的最高峰。它还有另一个名字"木卓巴尔山"，其巨大的三角形峰体终年积雪，云雾缭绕，从不轻易露出真面目，所以它也被称为"羞女峰"。南迦巴瓦在藏语中有多种解释，一为"雷电如火燃烧"，一为"直刺天空的长矛"，还有一为"天山掉下来的石头"。第二个解释来源于《格萨尔王传》中的"门岭一战"，将南迦巴瓦峰描绘成状若"长矛直刺苍穹"。

南迦巴瓦峰充满了神奇的传说，因为其主峰高耸入云，当地相传天上的众神时常降临其上聚会和煨桑，那高空风造成的旗云就是神们燃起的桑烟。据说山顶上还有神宫和通天之路，因此居住在峡谷地区的人们对这座陡峭险峻的山峰都有着无比的推崇和敬畏。

依依不舍告别南迦巴瓦，开始下坡了。我与阿呆风风火火一马当先，“嗖”一声，如箭一般转眼消失在火鸟眼中。下到半山腰时有免费的观景台，可远眺尼洋河，能看到山脚就是林芝县了。观景台旁有藏人摆卖中药，野生灵芝、野生天麻、藏红花之类。我们各取所需地买了一些，价格也挺合理。

下坡的远途美景比上坡时的鲁朗林海更胜一筹。秋黄的松树群比比皆是，尤其将要到达八一镇那一带，美丽的尼洋河如精灵栖身之所，如梦如幻。高大的白桦树耸立在道路两旁，可惜落叶纷飞，成了光秃秃的林荫大道。当我们踏入八一城口时，玉儿如

第一次进城般：“啊啊啊啊啊！好高的楼啊！好宽阔的车道啊！啊！那里还有红绿灯！哇！快看快看！那里，那里！我第一次见到藏区里的计程车啊！”

八一镇所在地原名“拉日嘎”，从前是几个零星的村落。1960年之后，从开垦荒地开始，白手起家，艰苦创业，一座高原城镇逐渐崛起。近20多年来的发展日新月异，10多年前还只有两条泥土路，像个大村庄；而今，已经发展成一个小城市，城市道路与给排水、电力供应、居民住宅等各种社会服务设施相配套，市政设施比较完备，城市建设已有相当规模。由兄弟省市援建的广东路、香港路、厦门广场等，使这颗高原明珠更加耀眼夺目。

当晚我们住在八一镇的青年旅舍“渡口客栈”，环境优美，真不赖。

当我们晚上在餐馆吃饭时，玉儿却支支吾吾对我说道：“阿骑，我与飞哥明天打算在这里歇一天。”

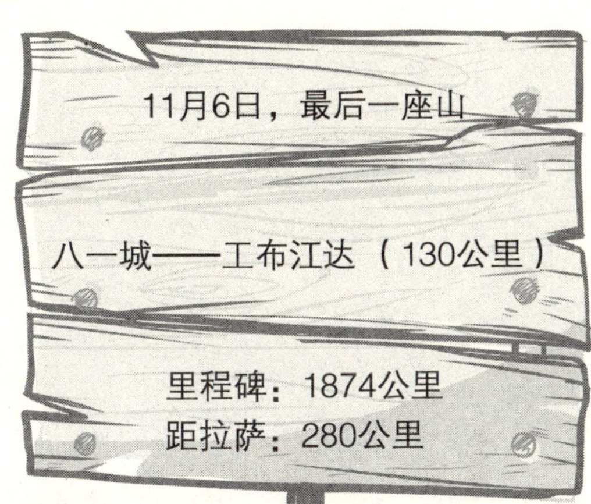

11月6日，最后一座山

八一城——工布江达（130公里）

里程碑：1874公里

距拉萨：280公里

“你一直盯着我看干吗？”

“突然间觉得你特别蟀。”

“这不是一直都是吗？怎么现在才发现？”

“我说的帅是蟋蟀的蟀呢？”

“……”

正在埋头吃醪糟蛋的阿呆，被我盯得心里有点发毛，一副怕我会爱上他的样子。

“其实，你可以跟他们在八一休息一天的，我独骑都已经比较习惯了。”我往嘴里塞了一勺扬州炒饭，心不在焉地低声说道。

“没事，其实我也想早点儿到拉萨去，再说玉儿也不确定是不是只待一天，我还是跟你走好。”阿呆轻轻一笑，满不在乎地嚷嚷道。

看着阿呆脸庞绽放的笑容，我发现原来阿呆一点都不呆。他是个烂好人，怕我独自骑行有危险，而选择跟我出发。他其实一

点都不赶，他是辞职骑行的，还有很多时间挥霍。

早上出发时，我仍然记得火鸟关怀地千叮万嘱：“下坡不要太快，注意安全，不要夜骑，到了每一站给我们发信息，有问题第一时间通知我，不要勉强。”

我很庆幸，遇到的都是烂好人，火鸟其实也舍不得与我分道扬镳。他们就是类似度蜜月般旅行的，如果要求他们匆忙陪我赶路，我心里也很过意不去。如果只在八一停留一天，我还是能接受的，但问题是玉儿也不确定要待几天了，如果像在然乌一样待个几天，那我还真是耗不起了。所以现在只有先暂时分开了，反正只有几天就到拉萨了——我们相约在“鸟窝”会合。

浪费粮食是可耻的，消灭完最后一粒饭，将水壶加满之后结账，我向工布江达出发！

与阿呆骑行在整洁宽阔的街道上，四处乱窜，无意中发现了“广东路”、“广州大道”等道路的路牌。这样的路牌此时出现，让我和阿呆觉得非常新鲜，在广东也见不着呢。不过这也为

我们带来了麻烦，我们一时不知道选择哪条路走，骑车窜了好几条街道，问了好几家人，才好不容易踏上318国道：通往拉萨。

今日将会沿着迷人的尼洋河骑行，缓上坡较多，尤其是阿呆显得比较痛苦，但好在美景依然迷人，算是对我们辛苦骑行的补偿。

前方一辆车头破裂得不堪入目并零零碎碎的计程车，浮悬在半空之中。

神马?

我们睁大眼睛，靠近观看，原来是被四柱铁杆撑架在数丈高空，并竖着一黄色大铁牌，刺眼的阳光洒在大铁牌上，无比显眼地提示道：此处因车祸死亡3人。躲过了检查，不等于躲过了危险。

秋风拂过我的脸庞，一片寒意顿时从脚底开始攀起，背部瞬间冒出了一片冷汗，我忍不住打了个寒战。面对牌子上写得极富冷幽默感的警示句子，我丝毫笑不出来。

这种特殊警惕方式，或许只有在川藏路上这样充满艰险的地段才能做到。真给力!

沿途经过数家果园，写着“×××”果园，全都被高高的围墙紧紧封闭着。但门口却摆小摊卖着红色和青色苹果，尝了一些，脆甜爽口，3元一斤，并不算贵，苹果干更是极品美食，我和阿呆扫了几斤当干粮吃。

中午在一小镇“百巴镇”吃午餐，在离开小镇数公里后，埋头骑行中却听到背后传来细语交谈笑声：“看到没有？功夫再高，也怕菜刀。真牛！”

“呵呵，是啊，他们应该是去拉萨的吧？”

我转头回望，见两个男生骑车紧跟在我们后面，在喃喃交谈。

“阿呆！停！后面有车友！”顿时愣了片刻，随即兴高采烈地将阿呆吼停。他们见我们停下，立马凑了上来。

“哥们儿，到拉萨去啊？从哪儿骑过来的？”我热情地向他们打招呼，并搭肩套亲近。毕竟10月底骑车的太少了，现在能碰到车友，实在是激动啊！

他们怔了下，可能是被我的热情吓到了，老半天才回过神：“啊，我们在八一工作，这几天放假，准备往拉萨骑，你们呢？”

“我们从成都骑过来的，有两队员在八一休整，我们两个先行一步，也是到拉萨的，咱们一块儿走吧。”

“行！”

说着我们四人就骑在了一起。一人叫小马，东北人，在单车行禧玛诺旗下工作。另一人叫“钉”儿，不知

道是哪个钉，反正就是同音。我们聊得很开心，但阿呆的老毛病又犯了，整整10分钟边骑边聊，开口不到三句，真是闷骚。

阿呆一声不吭停了下来，丢下一句："我拍照片。"就推车到尼洋河旁草地去了。

小马见状，好像也察觉到阿呆有点不妥，朝我使了个眼色，跟我交换了号码道："我们先行一步，电话保持联系。"

阿呆的性子有点像性格内向的朝圣者，很少与路人搭话，不喜欢太热闹，给人一种慵慵懒懒与世无争的感觉，不像火鸟与玉儿那么活泼。我想拉萨的生活节奏一定适合他，可以舒服地晒晒太阳。

我推车往河旁的阿呆靠近，发现这带景色如诗如画般，蔚蓝天空上飘浮着数朵白云。翠绿高山之下，清澈的尼洋河在身旁静静流淌，像一个恬静的小公主般。河旁生长着似稻谷般的秋黄植物。一瞬间，让我感觉此刻恍如置身在童话世界之中。

拍摄之后继续骑行，过了里程碑K4305就离开林芝县了，到达工布江达县境内，再前行1公里就到了秀巴千年古堡。秀巴古堡的景色一般，我和阿呆兴致缺缺地拍摄数张之后就离开了。

当骑行将到达巴河镇时，见到路旁耸立着一个路牌：拉萨，326公里。

前方326公里就是拉萨！第一次感觉离拉萨很近。

再有两天，就能到了，拉拉拉萨萨萨！我马上就到了，等我！

将到工布江达时终于追上小马他们俩了，我们加速骑行汇合之后，一前一后进城。工布江达，藏语意为“凹地大谷口”。在工布，我们住进驴友推荐的南方宾馆，也是川藏线上最豪华最低价的宾馆，标准房两张床，一人收费20元。独立厕所，24小时热水供应，电视机，固定电话长途免费任打，晚上时足足跟朋友扯了几个小时。如果你路过此地，它会是你不错的留宿选择。

酒醉解千愁，洒滚红尘路。

现在我面前还有川藏路上最后一座山，米拉山。

11月7日，冰游尼洋河

工布江达——松多村（98公里）

里程碑：1972公里
距拉萨：182公里

“当当当当！叮叮叮@！@#@@@#%！”手机闹钟声响彻房间。

我慌忙伸出右手胡乱抓出手机，狠狠一按！嘟一声，整个世界暂时安静了下来。

不过，醒了终究还是醒了，能骗得了别人，但骗不了自己。脑袋能清晰地感觉到那种过度疲劳醒来后隐泛起的痛，整个人顿时浑浑噩噩，昨晚应该是喝多了，宿醉的感觉很不好受。迷迷糊糊掀开洁白温暖的棉被，行尸走肉般简单洗漱收拾行装，最后在阿呆的带领下推车出宾馆，随便找了家店吃早餐。

出门口时给小马他们发了信息，但并未收到回复。也许还没起床吧。第一天骑行130公里对很少骑长途的钉儿来说也够受的了。吃过早餐之后，扫了些干粮和啤酒，出发！往松多！往拉萨！明天就能到了。

今天的状态很不对劲，慵慵懒懒对什么事都不上心，头痛，压抑，郁闷。我感觉自己在道路中不断盘旋，不断旋转，

不断转旋。

这种感觉让我彻底沦陷了！

转向身边的阿呆吼道：“帮我看车！”随即拆下驴包，翻找我一直没有机会用的泳裤，本来想着泡温泉用的。

“你干吗？”

“跳河！”

“你有病啊！”

“中了！我跳河就是为了治病啊！”

“别傻了！你看河沿都结冰了，水温都在零度以下，高原上感冒可不好玩。”

“没事，整个旅程走到这里，明天就到拉萨了，现在我感到很压抑。让我发泄一下。”说完我已经脱下衣服，换上泳裤穿着拖鞋往尼洋河靠近。

阿呆目瞪口呆望着犹如怪物般的我，忍不住再次劝道：“阿骑……”

我站在清澈的尼洋河旁，一阵轻风吹拂在我暴露的肌肤上，一阵电流般的刺寒触动全身，顿时身体不由自主一阵颤抖，心跳骤然怦怦怦一阵加速，我努力控制身体的颤动。

深深吸气。

深深呼气。

天地之间，一片寂静。

没有任何花俏动作。

就这般，一纵一跳。

“轰！”

整个身体瞬间被刺骨的冰水吞噬，脑袋一瞬间仿佛被炸开放大无数倍，划破时光急速闪过一幕幕记忆碎片，时光仿佛在此刻停滞，渐渐凝固。

我似乎在迷迷糊糊中看到你，我似乎在朦朦胧胧中见到你，我似乎看到——

大厅里的简朴大钟在缓缓转动时光，中年男人对清秀的少年咆哮着：“什么！你要去西藏？不行！”

门口站着一位慈母不停唠叨将要离别时的叮嘱：“要早点回家！要给我打电话，要……要……要要要要……”最后眼睛通红，化为四字：注意安全！

火车上，脸庞充满稚气的少年朝对面扬了扬纸牌：“哥们儿，地主？”

驴友记，内心踌躇的少年与外籍驴友用无比烂的英语畅谈，撞瓶，喝酒……

雅安城，骑行在飞石大货车之中，静静从身旁埋头骑过，恍惚间他的背影有些孤寂。

新沟乡，少年嘻嘻哈哈在房间楼梯前画起了大大大大的三字：骑行侠！

往康定，手舞足蹈的少年似疯子般对着远方的冰山一角呐喊：“雪山啊！”

折多山，暴雪袭在少年的身上，驴包渐渐积雪，少年咬紧冻得发紫的嘴唇独自骑到垭口。

新都桥，天堂客栈大宅院老板娘咬牙切齿地赶牛，少年站在门口窃窃偷笑。

雅江城，少年三人堆坐在一起，商量着该把100元藏在脚底还是内裤里。

119道班，雪丝轻轻飘荡，少年脸色苍白，颤抖地畏缩在火炉旁取暖。

巴塘县，少年无比压抑地喃喃道：“哥哥没有铅笔。”

理塘境，路遇劫匪，少年迅速将车子往路旁一扔，用起了积累19年的力气往河畔奔去。

宗巴拉山，黑暗中，少年心底一颤，心跳不由自主剧烈地加速，急忙刹车停止前进。

拉乌山，少年怔怔凝视着五色经幡在湛蓝天空之中随风飘扬，猎猎作响。在那么一瞬间产生错觉，五色经幡仿佛有灵性一般将愿望悄然带上蓝空之中。

吾宗段，远方，猛然，亮起八盏橙色大灯，一瞬间仿如白昼，划破黑暗，划破空间，而一束微弱的白光却在大灯之中剧烈晃动，两道惊恐的目光瞪着前方的身影渐渐定格。

东达山，迎面相遇一个老头，骑着一辆有些年头的凤凰单车。少年第一次懂得，原来并不在于车，而是在于人。

列达村，秋风过，落叶飞。玉曲河恬静陪伴，少年怔怔望着如世外桃源般的世界。

邦达前，优哉游哉骑行中的少年，突然接到了一个电话，脸色骤变。

八宿境，逆风中苦苦骑行到一个未知村庄，路旁的小商店标注着：小卖部，无所不有！少年愕然许久，想冲过去喊道：“老板，给我来一份板烧鸡腿堡套餐和一杯麦旋风！”

然乌湖，少年独坐在饭馆的大圆桌上，望着外面的夜幕焦急

等待着。然乌，少年在镇上买了一堆零食与啤酒，在干涸的然乌上点起篝火，熊熊烈火，把酒谈欢，三缺一车队，友谊永存。

然乌，战战兢兢发送着信息，见到回复：尽快回家。少年欣喜若狂地傻笑。

……

米堆冰川，将冰埋的啤酒取出，一阵寒气侵入手掌，微微带丝刺痛感，拉开，猛灌一口，冰寒的啤酒顺着咽喉滚下，口腔里一阵寒气冒出，清爽！痛快！

帐篷营地，少年抱着小乔在柔和的阳光中打着瞌睡。

通麦境，少年摸着白色里程碑，默默鞠躬三下，轻声叹息：兄弟，一路走好。

鲁朗镇，吃着石锅鸡，少年痛彻心肺捶胸：两百块的石锅鸡……

色季拉山，巍峨的南迦巴瓦峰耸立在天地之间，少年静静远眺南迦巴瓦峰……

工布江达县，阿呆惊骇的目光下，少年拉开一罐又一罐的拉萨啤酒，最后醉倒昏睡……

尼洋河，少年不断下沉不断下沉，最后，紧闭的双眸猛然睁开，挥动冻僵的四肢，缓缓游动，血管中传出一阵撕扯般的痛。

我在阿呆的拉扯下，缓缓上岸。阳光下，足足颤抖了一个多小时……但是，这种感觉太刺激，太爽了。

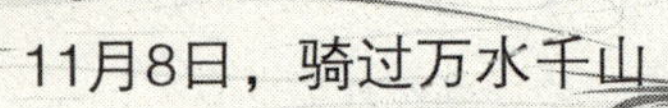

11月8日，骑过万水千山

松多乡——拉萨城（182公里）

里程碑：2154公里

距拉萨：0 公里

夜晚，我在松多乡难以入睡。

松多乡，这里离拉萨已经不远，只有短短几日的路程。这一路上我不断想起盐洲岛、广州，它们总会在我疲倦的时候出现在我的脑海里。

我望着正在埋头睡觉的阿呆，一阵沉默。由于松多乡的海拔将近4300米，经过一晚上的失眠，他的高原反应又犯了，有些头痛，无比悲哀地对我说道：“阿骑，革命尚未成功，同志你仍需努力。你放心去吧……况且拉萨也不远了。”

“我@￥%……&！”

我向阿呆告别，这样的身体状况，他需要留下来好好休息。走出房间，我朝楼下走去，由于大门被店主黄姐姐锁了，轻喊了几声之后，黄姐姐醒来开门。看着她穿着拖鞋披着外套出来，顿感无比歉意：“黄姐姐，不好意思，打扰到你休息了。”

黄姐姐听到我的道歉后，挥挥手连声道：“没事，没事，你现在就走？7点半还没天亮呢，在外面会冻坏的！你还是在我这

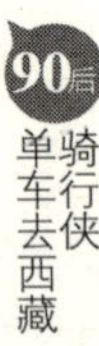

儿烤烤火，等天亮再走吧。我去睡一会儿，你走的时候再喊我。”

海拔4000多米高的松多确实很冷，零下好几度了，听了黄姐姐的建议后，踌躇了一会儿，我就接受了。虽然今天的路程将近两百公里，也需攀过一座海拔5000多米高的米拉山，但我很不喜欢黑暗中独自骑行的感觉，唯有等太阳出来了。

“啪”一声，折断干树枝缓缓塞进铁炉内，在枯枝下垫铺一层干草，翻出口袋里的白纸巾，“哒”一声点着打火机，再点燃纸巾朝火炉内扔进。

用铁夹火叉摊开干草朝火光挤，微弱的火团逐渐扩散壮大，白烟从铁炉内轻轻飘出，整间大厅弥漫着刺鼻的焦味。火焰随着枯枝的投入更加旺盛，熊熊燃烧，室内温度随之攀升……

怔怔望着铁炉内的火红世界，我发现，我喜欢上这烤炉了，准确来说是我喜欢玩火。从小到大都被家人禁止玩火玩水的，昨晚我殷勤地帮黄姐姐起火、加柴、煲水，足足玩弄了3个小时，惹得阿呆一阵白眼。

在中国南部的红海湾考洲洋内，有个小小的海岛，岛上居住着几百户渔民。他们与外界往来的交通工具主要就是一条小小的渡轮。它就是广东省惠州市唯一的一个海岛镇——惠东县盐洲镇。

我出生在那个偏僻的小海岛，常年对着大海，在家乡时一直被家人禁止下水，17岁那年才学会游泳，还是可悲地在越秀公园游泳池自学的。后来，每当回到家乡后，我都会找机会和朋友开渔船出海钓鱼，畅游一番，以弥补我17岁前不会游泳的遗憾。

“咕哧哧哧哧……”铁水壶里面的水骤然沸腾，滚落在火炉上掀起一阵声响。

提水壶，冲泡面，饱餐之后，天色已亮，是时候出发了。

小心翼翼拉开闸门，朝黄姐姐轻轻喊道：“黄姐姐，天亮了，我出发了，门我关上就得了，再见。”

“小心点儿啊，注意安全哦！”

藏区清晨的天空湛蓝地高挂在头上，湛蓝到让你感觉不到它的真实；藏区清晨的阳光柔和地倾洒在身上，柔和到让你感觉不到它的温度。

缓缓往拉萨方向骑行数公里后，见有路牌：松多乡往拉萨：169公里。

随着向拉萨靠近，高原地区的温度也在逐渐下降，天气越来越冷。这最后的169公里，骑车的时候，不知不觉中，发现我的

手脚被冻得僵硬，我只好停下车原地跳动数下，活络血管，晒晒仿佛没有温度的太阳。小马他们昨晚住在松多乡某一间藏民家，早上起床发信息问他们几点出发，收到的回复是：“看情况。”

看来这最后的一段路程，我需要再次扮演独行侠的角色，继续只身上路。

在路牌下，不经意往左方秋黄的草甸望去，我发现一只只土黄色地鼠在跳动，不留意还真看不出，因为它们和草的颜色太相近了，肥硕肥硕的。我静悄悄地接近，5米之内它们就“嗖”一声蹿入地洞里。追了老半天也没有抓到半只，唯有远远拉镜头拍摄一张它们肥得像兔子的可爱模样。

在海拔4000多米高的地方骑行就是累，体力流失非常快，短短20公里缓上坡需要歇息6次。每次歇息时静静地望着身边结冰的河流发呆，望着远处巍峨的高山发愣，望着身后的国道发傻，静静回顾一直骑过来的道路，静静回顾每次歇息时与玉儿的玩闹。突然间发现，此刻的自己，身边已无人可以交谈，只剩下独自望着景色发呆。

艰辛骑行8公里，慢慢爬上川藏线上最后一座山——米拉山。

“红颜”，在身旁静静陪伴。我站在米拉山断崖之处，捡起散落在地上的经幡。

风，轻轻吹到了脸上。

我双手高举经幡，五色经幡随风飘扬。凝视蓝空下手执的经幡，我如虔诚的朝圣者般，心中一片空灵，双手合十举向苍天，然后轻轻地放在胸口上，喃喃念起了六字真言：

唵——嘛——呢——叭——咪——吽——

在米拉山前我默默许下了愿望。放下手中的经幡，我继续骑行。经幡在风中缓缓飘动，越飘越远……我能听到耳畔的风声。“呼呼呼……”狂风在身旁掠过，在耳旁带起一阵轰轰狂啸。

我双手紧紧握住车把，重心俯前减少风阻。随着轮圈快速转动，米拉山在身后越来越远。从垭口下来之后，远方高处的大山都是光秃秃的，山上并没有生长任何植物，让人感到一片荒凉。沿途的小河，水面已结起一层薄薄细冰。回想起昨日跳进河中的疯狂举动，顿时身体冷战，冒起一身鸡皮疙瘩，一阵寒意悄然弥

漫心头，值得庆幸的是今天我并没有感冒，看来身体纤瘦，体质却不赖。路边的牦牛慵懒地散布在小溪旁啃草，随着我一扯嗓门大吼“哞”，它们顿时转过头来，满脸戒备盯着我这头“牛”，把我给乐坏了。独自骑行，唯有自娱自乐了。

离开垭口大约12公里后，再一次遇到了强逆风，这是十分倒霉的事儿，因为这意味着今晚一定得夜骑了。在逆风中苦苦挣扎熬到日多，已是中午时分，连续敲了四家餐馆门都是被告知关门不营业，看来今天的运气不是一般的坏，想饱餐一顿也成了空想。

日多这个地方不大，我准备继续前行。但在我狠下心准备啃干粮离开时，竟然发现村口最后一间餐馆在营业，将单车锁好放置在窗口下，确保“红颜”不会离开我的视线范围，才翻开白蓝色布门帘踏入餐馆。

迎面而来的是一股咖喱牛肉味。一位两鬓白发的藏族老婆婆，在饭厅矮桌中端盘穿梭。我上前朝婆婆问道：“请问一下，这儿有什么可以吃的吗？”

婆婆愣了下，望了下我轻轻摇头。

“啊？”我一脸愕然，不死心再问道，“什么都没有了？”

藏族婆婆无视我转身而去，即将进入前方的房门时，却转头朝我勾了勾手，脸带微微笑容，示意我过去。

我心里不由自主怦怦跳动着：“天啊！来了，来了！这难道是我一直期待着的传说中的艳遇？”

我内心踌躇但手脚却一点不慢，蹿了进去后发现是一间厨房，一位极为美丽的藏族小姑娘正在忙碌地搓着面团烧着开水。她身穿纯朴的藏族服饰，头扎乌黑的小马尾，柳眉细腰，明眸皓齿，脸蛋悬起两轮圆月般的淡淡高原红，正在跟婆婆说着听不懂的藏语，偶尔在脸上绽开一朵倾国倾城的笑容。我一阵失神：“这不就是曾经听火鸟提起的他打小就梦想的女神吗？”

“你——好！”小姑娘望着失神的我，提高声音将我喊醒。

“哦，啊！女神，你好，不是不是，美女你好。”完了！会不会让她感觉我太轻佻？顿时心里有些忐忑不安。

“我叫卓玛，我奶奶不会说普通话，所以叫你进来了。”藏族小姑娘一边搓着面团一边对我轻声细语道。

“那个，那个，对了！我是来吃东西的。”我支支吾吾都忘了该说什么。

“因为现在是淡季，只有我们两人在，所以只有一些大饼和牛肉汤，行吗？”姑娘指着灶炉旁的大饼与大铁锅问道。

“行！”

别说吃大饼，就算此刻叫我去大闹日多我也绝不犹豫！我很惊讶她的普通话讲得那么好。要不是穿着藏饰，悬挂高原红，我还真以为她是汉人。

她用藏语与婆婆说了几句之后，婆婆就迅速舀起一碗牛肉咖喱汤，拿出碟子放上两个大饼，端起盘子微笑扬扬头，示意我去外面桌子坐着吃。我接过盘子，一步三回头，依依不舍离去。待吃完结账时，却没有再见到那个姑娘，心中无比遗憾。

继续往拉萨方向骑行，可悲的是，路上一直逆风，我用了很大力气，车速却依旧无比缓慢。15分钟之后我有点按捺不住，爆发了：“妈的，让不让人活啊！最后一天给我搞这强逆风！”

由于心急，我靠边停下后就屁股往地上一坐，发起脾气不走了！拿起手机给阿呆、火鸟、小马各发信息问候。

火鸟：“我们正往松多赶呢……”

“注意安全。”

阿呆也回复了：“我起床了，在米拉山脚拦车，可能比你还早到拉萨呢。”

“那拉萨见。”

小马：“我和钉儿也遇到逆风，快到日多乡了，准备找饭吃，你呢？”

“我在日多乡前几公里而已，超强逆风，歇着呢。”

我静静地坐在国道旁的草甸上，蓝天骄阳之下，望着远方连绵的荒凉高山，望着身旁窜动的山羊牦牛群，望着身后牛粪堆成的黄金山，望着远处的白云。

一个半小时后。

“阿骑！”远远传来小马他们兴奋的呼唤声。他们骑着车一边挥手一边缓缓靠近。

“还以为你已经到墨竹工卡了呢，怎么还在这里？”

“逆风独自一人骑行，崩溃啊，所以在这儿等你们一起走。”

“对啊，对啊，逆风骑行真让人崩溃啊！”钉儿感同身

受哀嚎着。

三人在狂风中龟速骑行。日多乡到墨竹工卡是55公里，我们时而高唱数曲，时而侃侃趣事笑话，时而谈谈拉萨风光。

我们一路高歌到墨竹工卡县城。墨竹工卡，藏语意为“墨竹色青龙王居住的中间白地”。将近黄昏时分，夕阳徐徐下降，洒出一阵虚幻的光芒。我们在出县城门口不远处补了些水，啃了些干粮，继续出发！

墨竹工卡到达孜是47公里。离拉萨城越来越近，车辆就越来越密集，朝圣者更是越来越多。我们骑行数公里后，经过松赞干布的出生地时，发现一大群朝圣者正在牌坊大门前磕拜。松赞干布是一个传奇。

我们换上夜视骑行眼镜，打开前后车灯，天已黑了。小马说，从进入林芝地区开始，在国道夜骑就很少出现打劫，离拉萨越近就越安全，所以我们不用太担心。

距达孜县城还有20公里时，我们歇息5分钟，喝喝水，松动松动身体。

距达孜县城还有12公里时，我们歇息10几分钟，钉儿很少骑长途，屁股痛得不行。

黑暗中，我们默默骑行，注意着前方道路。穿过一片小矮楼之后，终于到达孜县城了。时间停留在20:52。我们3人在商店里买了3罐红牛，为最后22公里到拉萨的冲刺倒计时。我从成都开始，一直没有喝过红牛，现在我们为的，就是能尽快奔到仅有22公里之遥的拉萨城。

在达孜县城快速骑行时，经过一繁华的大广场，目测广场中央有着一大水池，灯光一片柔和。我们穿过一段被高大灯柱照得仿如白昼的道路，渐渐被黑暗吞噬。

距离拉萨城还有10多公里，我们经过一林业检查站，绕往最侧边经过，身旁传来钉儿激动的声音：“看！远方那一段光芒笼罩的楼顶就是布达拉宫了！”

我默默望着，仅能看到一截的布达拉宫金顶，10分钟之后，光芒顿时销声匿迹。钉儿解答：“已经关灯了。”

我们此刻距离拉萨城7公里。

站在黑暗的国道路上，我手心缓缓出汗，嘴唇深深紧咬，心脏剧烈跳动。拉萨已经就在我的眼前了。

我想用尽所有力气嘶吼，
我想用尽所有力量咆哮，
我想用尽所有眼泪发泄，
我想静静在这拉萨城前，
放声大哭，狠狠大哭，

没心没肺，撕心裂肺，

像一个孩子般，

狠狠大哭。

是的。

整整31日夜，

攀登了12座山，

从千山万水而来，

走万水千山而到，

终于就要到了，我甚至已经看到了布达拉的灯火。

我现在距离拉萨大桥只有一公里。

望着前方两排朦胧的灯光，我的心里一片平静。风轻轻吹拂而过，我的心，此刻，一阵莫名的失落。

是的。该激动的，该兴奋的，都激动过了，都兴奋过了，仿佛失去了人生中最重要的东西。

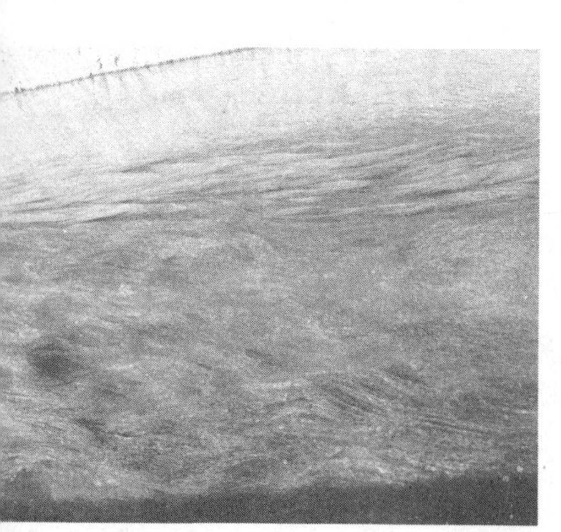

拉萨城就静静在你面前，

拉萨城就静静在你面前，

拉萨城就静静在你面前……

踏入拉萨大桥，柔和的桥灯光洒在身上，我以无比缓慢的速度往前骑，怔怔望着拉萨河的灯光倒影。

突然间，我脑袋一段空白，

突然间，我目光一阵空洞，

突然间，我心中一片空寂，

整个人，仿佛脱力般，
整个人，仿佛被掏空，

要结束了吗？

这不是你一直期待的吗？
这不是你一直期盼的吗？
这不是你一直都想的吗？

无比短暂的拉萨大桥就这么过去了，就这么过去了。恍惚间在我还没有回过神时，就已经这么过去了。小马与钉儿已约了朋友，相互握手告别之后，大家各奔东西。

是夜。

将近凌晨时分，我推车缓缓走在冷清的北京东路，路灯在地上拉出一条孤独的身影，漆黑小巷里偶尔传出流浪狗的低吠声。

秋末冬至，寒风瑟瑟，孤寂如幽灵般盲目游荡着的我喃喃自嘲道：“最后，还是剩下自己一个人。该何去何从？”

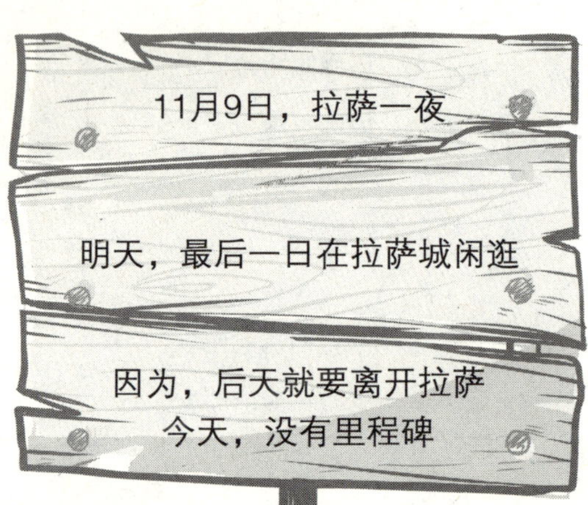
11月9日，拉萨一夜
明天，最后一日在拉萨城闲逛
因为，后天就要离开拉萨
今天，没有里程碑

90后骑行侠
90S
单车去西藏

“真正的发现之旅，不在于找寻新天地，而在于拥有新的眼光。”

——马赛尔·普鲁斯特

我住在拉萨德吉路的一间酒店，206房。普鲁斯特的这句话很适合我现在的心境，在拉萨，漫长的骑行结束之后我可以安稳地睡一觉，也许这是有生以来最放松、最深沉的睡眠。当我醒来，我在这个城市会发现全新的自己，我看待身边的事物也将拥有普鲁斯特那样新的眼光。

昨晚独自一人在陌生的拉萨城边走边看，直到不知有多久了，直到不知有多远了，直到不知有多累了。找了间可以住的酒店，连一丝砍价的欲望都没有，因为我连张口的力气都没有了。进房间之后，可笑的是还是双人房，我仿佛看到两张大床静静在面前，望着独自一人的我，骤然张开狰狞的大口肆意大笑。

一夜无眠。

退了房，一阵心痛，这是我离开广州到现在住过的最奢侈的一晚。昨晚装什么深沉，昨晚装什么洒脱，真是的，真鄙视自己，一张百元大钞就此离我而去。

缓慢地骑行在陌生的拉萨街头，沐浴在热辣的高原阳光之中。不知不觉骑到了布达拉宫门前。湛蓝清澈的天空旁，巍峨庄严的宫殿静静站在眼前。不远处如大海翻涌拍岸般，一浪接一浪的朝圣者，手举苍穹，意传心胸，匍匐大地，磕头喃念。

他们也终于到了。

无数人，就是为了瞻仰她而来，

无数人，就是为了磕拜她而来，

风轻轻吹过，掀起了我的衣角。

藏民从我身旁缓缓经过，古铜肤色的脸庞，眼神坚定充满狂热，每人手持小小的摇经筒，轻喃着听不懂的藏语佛经。

虔诚地轻轻转动着，一圈一圈地转动，仿佛转动了一处特殊的磁场，渐渐在空气中泛起涟漪。

时光，仿佛停了片刻，似乎无限拉近无限放大，仿佛转动了生命的轮回。那一种神秘的力量，叫——

信仰。

道路旁铁柱的绿灯闪烁，随着人潮涌过对面街道，我随即进入布达拉宫旁的图书馆，买下两卷不同版本的拉萨城地图，目光停留在仙足岛地标处。

3分钟之后。

我在北京东路穿行而过，转过康昂东路，经过江苏路，穿拉萨河，到达仙足岛……

“砰！砰砰！”

一座普通简单的大宅院前，我轻轻敲着画了一辆单车和一只鸟的铁门。

“来了，来了！”不到10秒钟，传来一道应答声。

古旧铜斑的铁门被缓缓打开一条小缝，映入眼帘的是满脸苦涩，笑得比哭还难看的大叔。他打量我一下，见到单车后兴奋地猛地打开铁门道：“骑车过来的吧？先进来，先进来！”

“汪！”当我准备推车进去时，门槛蹿出一只白雪般毛发的狗，嗖一声，渐渐消失在视线中。

“啊！狐狸！糟了！毛毛又跑出去了！”大叔走出门口，朝里面大声哀道。

“啊！毛毛！给我回来！怎么又给它蹿出去了！”宅子里传出一个尖锐的女声。

骑行了几十天之后，

在拉萨这样的小插曲让我觉得温暖而亲切，一切混乱和疲倦已经成为过去，现在我可以在这个城市里放松下来，享受拉萨的阳光。

阳光烘烤着整座拉萨城，仿佛此刻正是春末初夏。我漫步在喧闹的八廓街道，在人群中缓缓穿梭，眼光在琳琅满目、稀奇古怪的小摊间不断扫过。当淘到喜欢的饰品时，假装随意扔到一边，拿起另一个饰品，假装仔细观察。

摊主见状道："喜欢就便宜点给你吧，淡季，到现在还没开市呢。"

"多少钱？"

80块好了。"

"不要了，太贵。"

"还没开市，40块给你好了。"藏族摊主仿佛吃了多大亏道。

八廓街的藏族摊主与游客打交道多了，很精通买卖的方法。

我放下东西，轻轻摇头但却未离开，假装随意拿起刚才扔一旁的饰品问："这个有大一点的吗？"如果摊主说有，那就再问：有某某颜色的吗？

"没有。"

"唉……这东西多少钱？"我无比遗憾惋惜，随意问道。

“60。”

放下饰品轻轻摇头：“10元我就要了。”说完毫不犹豫转身缓缓离去，仿佛一点兴趣都没。

“20块给你！”

摇头，步伐毫不停顿。

“回来！15块给你！”

接手，交钱，走人。

在八廓街买东西本来就是项技术活，当你辛辛苦苦淘了半天，好不容易才淘到物品，绽开惊喜笑容的那刻，你已经注定要被摊主黑了。摊主是看脸色神情报价的，而不是看种族。有些摊主报给老外的甚至更低。你一脸欣喜的模样告诉他你非买不可，那他不宰你还能宰谁?

当我第一次问价摇头嫌贵放下，摊主就注意到我的价值观，第二次问价时即使再高也不会比第一次高。当我问有没有其他颜色或大一些小一些时，摊主表示没有，我摇头放下随意问价，会给他造成一种错觉，我不是很喜欢此物品、可买可不买，同时让他觉得此物会有瑕疵。当我离开时，他会压到最低价争取能交易，当他看我听到后不停顿，不回头，他会狠下心喊，我决定卖给你，即使只是赚了几元。

即使他不将我喊停，我转一圈回来

用他最后的底线价买了，那也不会吃太多亏。

砍价是讲究把握对方的心理，留意对方脸色神情、答话间的语气，讲求的是谁先忍耐不住，讲求的是谁先暴露心思，两个字：淡定！

我见过一高手摊主，当你随意问价，他会更加随意答价，让你感觉到他可卖可不卖。当你问可否少点，此时他不会真的表现出爱买不买，他会给你用很正式的计算方式打折，再肉痛般让你从一堆里挑两件小物品，让你心理得到平衡。此刻你即使要求挑四件，他面色会装作犹豫勉强答应，这就是商场惯用的买一送三，房地产的买楼送车，菜市场的买菜送葱。

眼前小道理，内蕴大哲学，一山比一山高，砍价无崖，阿弥陀佛。

最后，谁知道谁赚谁亏了？

总结：

痞子说：在八廓街压价2/3。

骑行侠说：用你的头脑，只压一次。

阿呆说：看上了，觉得价格合理就买。

小马说：我买阿骑压。

火鸟说：小玉压我付。

……

由于阿呆昨天没有拦到车，最后骑到墨竹工卡住下。今天下午他可以赶到拉萨，在鸟窝与我会合。火鸟发来短信，今晚到墨竹工卡住宿，明天到拉萨鸟窝会合。一般骑车的都会从松多赶到墨竹工卡，一路将近200公里，再爬一座米拉山，还真的很勉强，很累人，尤其TMD昨天遇到逆风，幸好最后还是熬下来了。

从八廓街回到鸟窝后，发现小马也搬过来住了，钉儿却已回家了，现在就等火鸟俩就齐了，骑行川藏已经达到大圆满了。

黄昏时分，我与小马阿呆去了一个女车友的家吃饭。

风信子是广州的，和DHW是网友。DHW看到风信子骑滇藏的照片被刺激到了，就在网上找到了我，并组队在成都碰头买车。当时的DHW是单车小白，风信子很不放心，当时由于知道我与DHW组队后，加我QQ问问情况，那时还请求我多多照顾，答应在拉萨等我们到来，并亲手下厨请我们吃饭。没有想到DHW第一天坚持了半天就放弃了，但风信子还一直和我保持联系，到拉萨之后她热情邀我过去吃饭。

世界很小，当时风信子跟她老公一起骑滇藏察察线时，车子出问题了，到八一修车，恰好是小马帮他们修的，那时也就认识了，所以小马也被她诚邀过去

了。当然，我不能丢下阿呆。这个故事告诉我的是，在川藏路上你需要在一定程度上相信缘分，并与人为善。

风信子与她老公俩人也是个传说。两人2009年骑行环岛海南，并在海南过年。2010年两人骑行滇藏察察线到拉萨后，两人在拉萨定居工作并在拉萨过年，计划2011年走新藏线到新疆工作并过年。

两人相依相爱，浪迹天涯，有点像传奇人物。

吃饭时，听他们讲了许多趣事、许多经历，我无比羡慕。

一餐丰盛的晚饭之后，我们畅谈到将近凌晨，依依不舍地与他们告别。回到鸟窝后，我上了会儿网，上传了些照片，喝了几罐狐狸免费提供的百威之后，埋头睡觉。好久，没有那么轻松过了。

明天，最后一日能在拉萨城闲逛了，

因为，后天就要离开拉萨。

今天，没有里程碑。

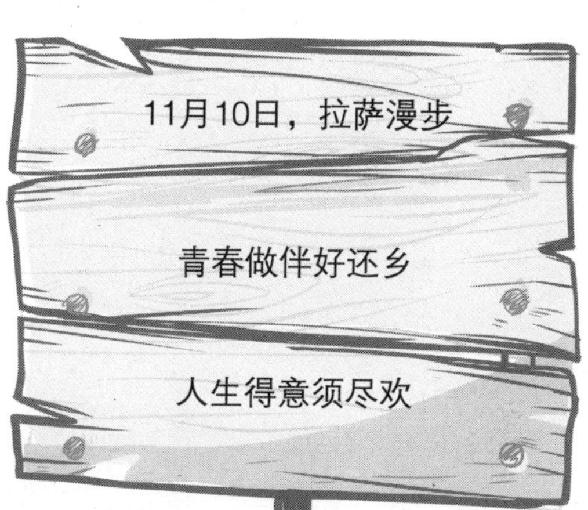

90后骑行侠
90S
单车去西藏

心里沉甸甸，如千斤重石紧紧压住。

这是我在拉萨的最后一日。

早晨我很早就起床，收东西，洗衣服，晾衣服，在鸟窝里与毛毛和肥肥玩闹了一番。鸟窝让人感觉像一个大家庭，没有青年旅舍那种商业感。来到这里的人，仿佛都是这里的一分子，没有顾客，没有店主，有的只有驴友、车友。

院子很大，我躺在院子里的大沙发上，阳光透过蓝天倾洒而下，照在身上暖洋洋的。如果能一直懒洋洋地躺着，也是一件很幸福的事情。晒太阳一直到将近中午时分，大家才徒步去八廓街扫货。

说到上街，我有些拿不定主意。不是我的意志脆弱，而是我需要买一堆手信回去，总不能空手而回吧？风信子发来短信，她们正在大昭寺附近，可带我去相熟的店铺购物。我屁颠屁颠地立马赶去，在风信子的带领下，还真是狂扫了不少货。不久之后，阿呆与小马陆续赶来会合。三个大男人，就在八廓街战斗了将近

六小时，钱包干枯，兄弟顿时阵亡不少——呵呵，我一向以人民币为兄弟。

大昭寺是来拉萨的人必去的一座寺院，又名“祖拉康”、“觉康”（藏语意为佛殿）。这座寺院的重要性不言而喻，藏族当地甚至有一个“先有大昭寺，后有拉萨城”的说法。

在来拉萨之前，我就已经听说过这座寺庙。我在晒太阳的时候，风信子的短信恰好把我召唤过来了。这里是拉萨市的中心地带，非常容易找到。如果你找不到，尽可以问路。如果你问的人不知道大昭寺在何处，那他一定不是拉萨人，出现这种情况的概率并不大。这一带太有名了，尤其是八廓街，其次还有佛殿周围的囊廊。在这一带，包括布达拉宫、药王山、小昭寺被称为“林廊”，藏民们转经仪式都要经行这些路线。

在拉萨，大昭寺一带的八廓街有时候也被称为“拉萨”，在藏语中它的意思是指“佛地”。大昭寺现在有磕长头的人、唱经化缘的人，也有火速前来扫货、购买纪念品的人群。如你所知，

我就是接到短信命令，前来扫货的。

“没去大昭寺就等于没去拉萨。”这是大昭寺著名的喇嘛尼玛次仁的话。显然，即使是扫货，这一带也是必定不能错失的地方。

我们三人在八廓街逛街来到大昭寺门口时，看到密密麻麻在外围磕拜的藏民，最年长的有八九十岁的老人家，最年幼的只有两三岁、跟在父母旁磕拜的孩童，身穿“查切”的喇嘛也分散在其中。

我站在人流汹涌的大昭寺广场，遥望大昭寺上的华丽金顶，藏民在寺庙门前密集磕拜，艾草在白色大火炉里熊熊燃烧，白茫茫的硝烟轻轻飘逸而出，风马旗在高柱蓝天上猎猎飘扬，整个世界弥漫着浓浓的佛教气息。在这种气氛里我被静静感染同化，心里顿时一片祥和安宁……骑行了几千里，终于来到大昭寺门前，这种感觉是奇妙而清净的。骑行川藏线像是我少年时代的一次冒险、一次心灵的释放、一次皈依，一路艰辛，但终于抵达终点。

或许，心中有佛，方能拥佛。

拉萨火车站。

我望着保安大叔一阵无语，6点不到，他竟然已经下班了，我当时还以为是24小时营业呢，却被风信子告知火车站6点下班。我一阵无语，看了一下钟表，近10几分钟才到6点，这不就是早退吗？

唯有明天直接购票进站了。在回鸟窝的路途中，我狠狠在商场里扫荡，买了一大堆零食和干粮，没有办法，54个多小时，不准备多点儿怎么能熬过这漫长的路途呢？在扫荡零食的过程中，我收到火鸟短信："我与小玉中午已到。阿骑，速回来吃饭，大伙火锅呢。"

"马上到！"

回到鸟窝后，大厅里的长木桌摆满了各种蔬菜与肉类，十几号人热热闹闹地挤堆在一起。我坐在阿呆旁边，三缺一车队又齐了。笑笑闹闹的一群人吃火锅，谈笑话，侃侃女当家"狐狸"，温温暖暖一家人似的，我很喜欢在鸟窝这种家的感觉。

饱餐之后，趁布达拉宫还没有关灯，我们数人骑车去拍摄了夜景。我知道，这段时光注定会是我最难忘的经历，每一秒都无比珍贵。

明日将要离开拉萨，今夜我需要在拉萨醉倒，需要大笑，或者念叨几句“青春做伴好还乡”的诗句。无论如何，现在便是“人生得意须尽欢”的时刻，我骑行了几千里路，几十个日夜，等待的就是这一时刻的到来。

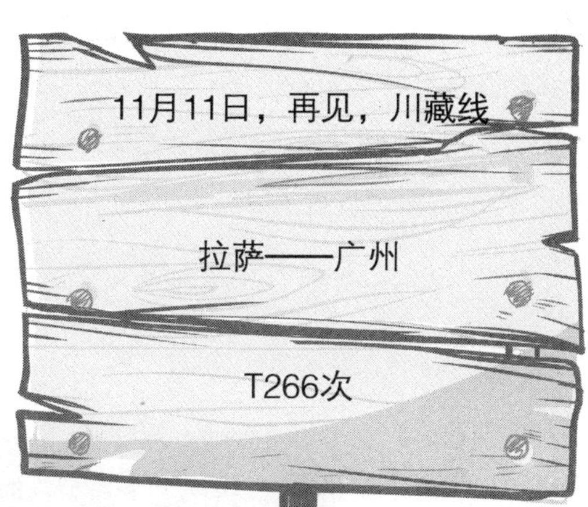

90后骑行侠

90S

单车去西藏

我在拉萨。

清晨醒来，我呼吸到第一口新鲜空气的时候，光已经透过窗户照在我的身上。旁边的我的“红颜”，跟随我从成都一路历尽艰辛，终于也可以休息一下了。

黎明，天际浮现出一抹明亮的曙光，划破远方山脉上的漆黑夜幕。晨曦悄然似涟漪般缓缓扩散，天空渐渐被染蓝地暴露而出，幽幽呈现出一片灿烂的彩霞。窗口被一只纤瘦白皙的手轻轻推开，一股刺骨的寒气猛然涌入。窗面反射的那半张轮廓，面对高原清晨寒气的入侵，似乎毫无知觉般，静静地远眺着缓缓升起的红日，默默地如化石般怔怔出神。

这是我在拉萨的最后一天。我将在稍事休息之后前往拉萨火车站，从那里出发回到广州。

最后一天的一切经历就像是慢镜头：

穿过静谧缓流的拉萨河，

穿过整洁冷清的生态路，

穿过宽阔繁荣的江苏路，

穿过初醒渐渐活跃的康昂东路，

穿过人群车流如虹的北京东路，

看到充满生命气息的布达拉宫。

柔和的阳光轻轻地笼罩整座宫殿。

人群，在默默地停留脚步仰视，

人群，在默默地匍匐磕着长头，

人群，在默默地诵经转动经筒。

我对这个城市的一切感到惊讶与好奇，它促成我超现实般的想象，或者说，我为了这个传奇般的城市、宫殿，作出了青春时代最匪夷所思的冒险：骑行川藏线。而现在我已经尽享这个城市的阳光与神奇，即将踏上回家的路。

我推着单车，在人群之中，默默凝望这座神奇的城市。

在拉萨火车站的时候，这一切都恍然如梦。我手中的车票将

会在几十个小时内把我送回那个沿海城市，继续最初的生活。这次的骑行和冒险已经给了我超现实的体验，虽然这一路上是充满危险、疲劳与寒冷、饥饿的。但最终我抵达圣地，一如我完成青春时代的朝圣，让自己勇敢地从成都出发，历尽几十天，凭借内心的热血和梦想完成这次漫长的骑行川藏计划。

拉萨——T266次——广州

2010年11月11日12:25开04车14号上铺

￥869.00元　　　　新空调硬卧

“再见！”

“再见。”

火鸟与玉儿帮我分担行李，在火车站门前帮忙将我的单车卸轮，拆下来装箱。我们在入口处依依不舍地道别。望着火鸟和玉儿两人渐渐模糊的背影，心里顿时一阵莫名地惆怅与落寞。

远方，是否有你的梦想？
远方，是否有你的回忆？
远方，是否有你的爱人？
当梦想被现实渐渐吞噬，
当记忆被时光无情磨灭，
当爱人已是他人的爱人，
我们只能选择，
怀念吗？

检票，上车，带着“红颜”上车，火车随后开始启动，上路了。

拉萨，再见了。

鸟窝，再见了。

川藏线，再见了！

火车窗外映入眼帘的是艳丽的风景，从拉萨到广州的这一路我会经历各种神奇的风景：秋黄一片无际茫茫草原，雪白一地极寒冰原雪地，青藏公路蜿蜒直冲云霄，连绵山脉雪湖冰封千里，以及黄土高原、江南的水乡。

抵达广州。

后记

这才刚开始

这段旅程并不是结束，而是我生命旅程的开始……

我的生命旅程从南方大海中的盐洲岛开始，向更高纬度延伸——广州——成都——拉萨。从盐洲岛到广州，我跟随着家庭的迁徙，进入都市的生活轨道。而从广州到成都，则是追随我自己的梦想。等我骑行30多个日子抵达拉萨后，我完成了青春时代最伟大的一次自我超越。

人们似乎每天都在接受命运的安排，实际上人们每天都在安排着自己的命运。但是我相信，我的命运，掌握在自己手中。

我很喜欢*Lonely Planet*创始人Tony Wheeler的一句话："All you've got to do is decide to go and the hardest part is over.so go!"

最难作的决定就是决定出发。所以出发吧!

丁玲说过："人，只要有一种信念，有所追求，什么艰苦都能忍受，什么环境也都能适应。”

不必觉得丁玲的这句话不合时宜，或者它有点刻板，当你身在川藏路，左右举棋不定的时候，你会感激你还记得这些热血的句子，无论它源自哪个年代。它让我坚守自己的信念，沉默而顽强地走自己认为应该走的路。

“什么！你要踩单车去环游中国海岸线一圈？两万多公里！不行！不行！绝对不行！”中年男人在晚餐的木桌上朝坐在对面的他吼道。

“我一年就回来了……”

“你……”

你和我一样期待着新的出发吗？单车？

当读完我骑行川藏线的故事，你一定会赞同我的新计划。

来吧，趁着青春年少，让我们一起跟着风、白云、梦想上路……

追梦：从大海边出发

“当你决定要出发的时候，就已经解决最困难的问题了。”

—— Lonely Planet创始人

中国，广东省，鹅城境，盐洲岛。

盐洲岛是我的出生地，关于我所梦想的一切都要从这个小岛开始。它的确切位置在中国南部的红海湾考洲洋内，自明朝万历年间起就有渔民在此居住。这里有一个海岛小镇，盐洲镇。小镇位于惠州市惠东县东南部，南临南海红海湾，是考洲洋内的一个内陆海岛。

我所有的梦想和冒险都从这座小岛开始。

我的祖先是福建人，家乡语言类似闽南语，称为“学佬话”。学佬话保留古音古词古义，与闽台片的闽南语有许多相似的地方，但在发音上的差别则非常大。

这个偏僻美丽如世外桃源般的小岛，没有海南岛的繁荣高楼，没有海南岛的海水清澈。这是一个非常偏僻的小岛，没有经过旅游开发、没有闹市般的喧嚣、没有绚丽七彩的夜景、没有车站、没有很方便的交通纽带，连离开盐洲岛都需要船只运载。

盐洲岛，有着一辆小船与一辆大铁船运营，小船每次可以载35人，一趟只需要约7分钟即可到达对岸。大铁船每次可载4辆小私家车，人数可载70人。这就是盐洲岛最重要的交通方式了。不过，这对于我已经够了。只要有船，我就可以出发，去我想要去的地方。

关于这个海岛，它是我成长的见证。我的叔公曾经告诉我，很久很久之前，我们的家族是当地很富有的门第。曾爷爷是一个很耿直的人，某天外出工作时，在某处偏僻的山野拾到一袋巨财，足够三代富贵。但他硬是在原地坐下不愿离开，希望丢失的人能够觅回。

这是一个传说中才有的故事情节，但是叔公确实是这样讲给我听的。

中午坐到下午，黄昏过去了，暮色黑得深邃。夏季半夜的山风将他吹得骤寒欲醒，他不禁抱住那一袋巨款昏昏欲睡。一天一夜过去了，失主并没有来寻。他最终带着一袋巨款回到家中，在亲朋好友的怂恿之下买地建宅，买田放租。贫困的家族大转变，我爷爷顿时成了富家子弟，享受了几十年的富贵时光。后来随着社会变化，每一个地主又纷纷从富转为穷。

曾爷爷病逝，爷爷与奶奶辛苦支撑整个家庭，养育父亲六兄弟成人。排行第四的父亲初中毕业过后就出来工作，帮补贫困的

家庭。

70年代末期，还是一个小青年的父亲被聘请到盐洲岛渡头村建房子。渡头村傍山面海，土地肥沃，渔源丰厚，成了当时的盐洲镇最为富裕的村庄。

父亲与大伯和三伯，共同承包了母亲家新宅的建设工程。在漫长的建筑过程中，母亲细心温柔，端茶递水，把建筑师傅之一的父亲照顾得无微不至。随着日子的沉淀，父亲与母亲日久生情，渐生爱意。

两人漫步在柔软的沙滩上，沙砾细碎光滑，阳光下，散发着柔和的光芒。远眺，蓝天与蓝海在细雾中缓缓相接，已分不清彼此。粼粼的波光，柔和的浪花，让人不禁陶醉其中。父亲鼓起了人生中最大的勇气拉起母亲的手，并许下愿意照顾一生的承诺。母亲羞怯挣扎，许久却发现无法挣脱。黄昏时分，海上轻柔的夕阳将坐在沙滩上的两人俨然拉成一双相连重叠的影子。

潮汐涌来，时光停留，潮水仿佛不再退去……

“我是不会让你嫁给他的！”外婆严厉的声音回响在狭窄的木屋中。

在那个时候，村里的人都很保守，基本上恋爱了就可以确定结婚了。母亲在不久之后，就向外婆坦诚相告，希望可以得到家人的支持。而外婆嫌弃父亲一家是地主，家庭贫穷，不能给予母亲幸福。在村子里，母亲是公认的村花，可以选择条件更好的男人，而不必跟着一个地主之后的穷小子。

在得到外婆与家人的回应之后，倔强坚忍的母亲将自己关在房间内，紧锁房门，足足两天一夜滴水不沾，以绝食表示自己对爱情的坚持。

母亲如愿以偿与父亲结婚，度过了人生中最幸福也最短暂的时光。我的哥哥出世不久，父亲家庭不和分裂，六兄弟分家产，父亲仅仅得到人民币10元和一间破旧的两层旧楼。父亲与母亲终日奔波于忙碌的工作之中。

我与妹妹也陆续诞生在这个奇妙的世界。在我5岁有些懂事之后就发现，父亲做过许多工作，出海捕鱼，下田耕种，养殖虾蟹，工地建筑，制造蜂窝煤等。记忆最为深刻的是父亲在盐洲岛唯一的中学内学习开摩托车，将仅有5岁的我放在他的前面，让我紧紧抓住摩托车的镜子铁杆。由于初学所以不断熄火，不断踩动打火，穿着拖鞋的父亲一不小心踩空，脚部被刮出一道大伤口，浓浓的血迹滴落在枯黄的土地上，殷红的鲜血从伤口不断涌出，父亲却固执地重复着熄火、打火……

由于盐洲岛偏僻，外来人口稀少，本地人都不习惯搭车而选择步行。因为收入惨淡，入不敷出，所以仅开了数个月摩托车载客的父亲就把车子转卖出去。那时候我还老向母亲不满地嘟囔道：“妈妈，现在我们出去都不方便了，没有爸爸这个免费专业司机接送。”

那段时光，我认为自己是最幸福的人。有着爸爸妈妈的疼爱，有着爷爷奶奶的溺爱。没有一丝烦恼，也不懂什么是烦恼。

由于偏僻的盐洲岛出入需要坐船，交通不便，没有经过旅游开发，没有外商的投资建厂，所以注定了经济衰落。外界的繁荣发展吸引了镇子不少岛民，岛内开始出现大规模搬迁。对岛民而言，除了出海捕鱼之外，离乡背井到繁荣的城市打工才是唯一的出路。

那年夏天，炎热的天气似瘟疫传染般蔓延在各个城市乡镇中。

昔日来来往往吵嚷不停的古老街道，

昔日在家门前永不知倦追逐嬉戏的孩童，

昔日在大槐树下遮阴乘凉的白发老头，

昔日在那小溪边成群成群捶洗衣服的村妇。

一幅幅当年的热闹场景演变成如今荒凉的景象。

回忆似地上摔得支离破碎的镜片，一片片逐渐拼凑着那不完美的梦……

固执的父亲终于被母亲说服，两人去了隔壁的小镇与人合伙做鸡蛋生意。

我们三兄妹顺其自然也跟了过去。我们全家搬走了，搬到离家乡不到5公里的黄埠镇。我们住的地方是木棚搭建的破屋，暴风雨来临时摇曳不已，发出嘎吱嘎吱的声响，屋内遍地都是悦耳的音乐，因为顶棚会漏水，我们需要翻出无数能装水的东西，包括我的尿壶。屋内地板不是水泥地，而是坚硬的黄土地，被水滴渗入之后瞬间变得如沼泽般的世界，寸步难行。那时，我索性拖鞋也不穿了，就直接在如粪便般湿软的黄土中行走。

黄土，对于我们来说是好东西。或许很多人已经都不知道咸蛋是如何制成的。那时，当母亲腌制咸蛋时，我都会跑过去帮忙，因为我喜欢双手在凉爽半凝固的土黄液体中捣摇，那是我觉得很好玩的游戏。我们将黄土放进水桶里，再加水让黄土变得稀散浑浊，倒入大量海盐搅浑，再轻轻放入鸡蛋，一段时间后，拿出摆放在蛋夹上腌制几天。

简陋的木棚屋仅有数十平方，我们三兄妹同睡在一张木床，屋子里没有多余的电器，仅有一盏电灯、煤气炉与蜂窝煤火炉。洗澡时，没有热水器，仅能烧煤煲水，在仅有四张塑料帆布的简陋的厕所中洗澡。记得那时需要方便时有两个选择：一是在屋外解决之后用黄土埋住，二是方便在黑塑料袋中再扔到垃圾堆。

“旺毛，去吃早餐吧，拿一个破裂的鸡蛋过去。”正在市场忙买卖的妈妈对我喊道。

“旺毛”是我的小名，据说是奶奶取的，哥哥叫“大毛”。

我随即挑了一个破裂得最大的鸡蛋，拿起的时候用力过度，脆弱的蛋壳裂痕在我手中扩散，露出晶莹透明的蛋白。我直奔早餐店去朝店主叔叔喊：“叔叔，我要喝豆浆，妈妈叫我拿这个鸡蛋给你，帮我放多点糖，我要甜点的。谢谢。”

由于同在市场摆卖做生意，大家基本上都混熟了。我喜欢每天到这里吃早餐，拿着妈妈给我的一颗破裂的鸡蛋和一块钱，让店主叔叔帮我加在豆浆中放糖煮，再买上两根油条。那是我多年至今仍然最爱的早餐，那时的一碗豆浆加两根油条只需要一块钱。

两年后，母亲与父亲再次转行，由鸡蛋贩转为水果贩，摆地摊卖水果。我很高兴每天都有各种水果吃。尤其是母亲与父亲给我的早餐钱，我会去早餐店附近逛一圈假装吃早餐，之后偷偷藏起，欺骗母亲说已经吃饱了。结果，我基本上每天早上都要吃很多水果，以致经常被骂：“旺毛，你怎么又吃苹果了！刚刚才吃

了一个梨子！”

我上小学的时候，是带着哭腔与羞怯到盐洲小学的学前二班就读的。在盐洲岛根本没有幼儿园这个词。那时在大伯家寄住了一段时间，10天跟母亲见不到一次。在我刚读学前班第一学期时，就已经被父亲接到黄埠镇去了，父亲在镇子的市场里租了一间档铺，仅有一层，门口正是市场主街道，我们在门前摆摊卖水果。

屋子内是空空的，就一间房间，仅有40多平方。父亲在不到20平方的位置用木板隔成一间小房间，房间内有一部黑白电视机，那是从盐洲岛带过来的。有一个大柜，那是放电视机与衣服杂物的。有一部崭新的洗衣机，那是母亲坚持要买的，因为没有多余的时间洗衣服。有一个可以盖住的水桶，那是我们方便的厕所。有一块小面积是被四面塑料帆布遮住的，那是母亲的浴室。有着一张1.2米宽的双层铁床，父亲与母亲睡在上层，我们三兄妹挤睡在下层。

这就是我们的家。

转眼间，暑假过去了，我转学到镇子里的第二小学读学前班第二学期，认识了很多朋友。在这间小学，有着我最快乐最幸福的回忆。这里有我许多美好的回忆，但也不全是美好的。

比如说，在读三年级的时候，我已经经常被班里的人取笑，他们都喊我“水果佬”。我继承了母亲倔强的性格，自尊心很强，尤其他们在女生面前这样喊我，我会觉得很没面子，很愤怒，很无奈，恨不得把自己藏在最黑暗处。那就什么都听不到了，什么都看不到了。

周末，早晨6点多我就起床踩着一辆三轮单车去载货，因为货车是开不进市场的，唯有在临近的马路上停下卸货，而我们就要骑辆三轮单车去载。周末时，我们兄妹不能出外游玩，只能帮家里看店，减轻父母的负担。母亲很辛苦，每天半夜两点摸黑起床，与市场几摊水果档主合包一辆货车到县城进货，6点左右回到镇子卸货。有段时间是父亲半夜去县城进货的，但买回来的水果价格与质量母亲很不满，所以母亲就去了，父亲则负责踩三轮单车去接货。

年底时，最为痛苦，因为柚子。我们年底租一个小仓库，买进许多柚子，镇子里的人年底时都会买一条袋装的柚子，春节时可以自己吃或者赠人。一条大袋包装的柚子大约十几个，五六十斤。那时候的我，自己踩着一辆三轮单车，扛上一条大袋柚子送货。一个仅仅读四年级的小孩，扛着一袋五六十斤的柚子。很多时候，当客户打开门时，都会帮忙扛进屋内，但，如果没有男人在家，那就由我自己半拖半扛进屋子了。

四年级的时候，我们终于搬家了。

这个家，让我无比感动的家。

三层高楼，一楼一间房间，二楼三间房间，三楼两间房间。父亲与母亲商量了许久才向人借钱买下的。之前是一家制鞋工厂，倒闭之后闲置了一年，业主闲置没用就售出了。经过家人简单装修之后，还是很新的。让我无比激动的是，这个家有三间厕所，每一层都有一间厕所。我终于不用在人头翻涌的市场主街道旁用一个大圆塑胶桶洗澡，每当有同班同学经过时，见到我暴露的身体都会取笑一番，第二天还在班上宣传，让我感到非常尴尬。

现在，终于不用三个人挤在一张小床，终于不用三个人轮流煲水排队洗澡，终于不用三个人因为抢看电视而吵架打架，终于不用三个人对着狭窄的房子发呆，终于……

我的新家，带给了我新的希望、新的生活，我的梦想也在逐渐萌芽。

我的梦想有很多。当我还生活在大海上的时候，我希望我能从那个鹅城的盐洲岛乘船到省会城市里去旅行，希望能够有一天有一艘属于自己的小船，可以从大海出发，去世界上的任何地方。

除此之外，儿时，在我的内心一直有个特别的梦，那是一个关于环游世界的梦。凭借你内心的力量，你可以像大航海时代的水手、18世纪西欧的冒险家一样环游世界，而不是在虚拟的游戏空间寻找猎奇的快感。每一个人都有着属于自己的梦想，如果梦想只是想，而不去实现，那永远只是梦想。用轮子丈量大地，用心灵感悟自然。轮子每转一圈，就离梦越近一步。

为什么要出发？为什么我会想骑自行车去西藏？

捷安特自行车董事长曾经说过：开车太快，走路太慢，只有自行车，才能留住人生的美景。

用从容的心态欣赏生活中的美景，能让生活更加美丽。自行车大概是感受旅程最好的工具了，可以让我们慢慢欣赏这个世界，留住人生美景。

自行车。

最终我还是选择了自行车。因为，用这种方式来记录我的川藏之行是最为合适的。没有哪一种方式比骑行进藏更能体会川藏之旅。

梦有多远，心就能走多远。

路有多远，人就能走多远。没有比脚更长的路。因为“我还年轻”，似乎唤醒一颗颗沉睡在内心深处的种子，我渴望能走得更加遥远。

我希望能走遍世界各个角落，我享受在路上的感觉，不仅仅是为了各地美食，不仅仅是为了邂逅爱情，不仅仅是为了开阔视野，更是想要一场奇妙又陌生的经历，无论是置身险地，无论是单独孤寂，无怨无悔。我甘愿为梦冒险，感受人生起伏。

这样的路程，主题与艳遇、美女无关，只有苍莽的雪山、奔腾的江水、炽热的阳光，甚至塌方、暴风雨，还有一颗年轻的心。

我喜欢独自一人骑行在陌生的城市、陌生的区域、陌生的道路，看着陌生的世界……我觉得这是一种重新认识世界的方式。你骑单车飞快地越过川藏地区的原野、山谷，你会为它壮观、浩大的气势所震撼。风、云，从古老的山脊飘来，我喜欢这种迎风上路的感觉。这种感觉与我在广州的大街或者海边所感受到的风完全不同。当你带着年轻的心，在路上飞驰，你才能感受到它的神奇。

这种感觉不可言传，你我唯有亲自上路，让身心沐浴在川藏之地的光明之下。

我喜欢那种迎着风在车上自由自在的感觉，远方是江河、巍巍耸入云霄的雪山，是一种与城市的游乐场、酒吧、地铁站完全不同的景象和感觉。

你知道——我的目的地是西藏——拉萨。我的内心满溢对西藏的憧憬和向往。

现在我即将从中国东南端的广州出发，离别钢筋水泥的城市，行走天路。

我希望，能够在这次旅途中，抵达最接近天堂的地方，找回最初的梦想。你不必问我的梦想是什么，只需要跟着风，跟着光，跟着年轻的心，沿着川藏线上路。

川藏线很陌生，很少有人看清他的真面目！

川藏线很养眼，江南的秀美融化进雪域的雄壮！

川藏线很神奇，真实感觉自己的心灵与自然在对话……

川藏公路是连通四川成都与西藏拉萨之间汽车通行的第一条公路。这条路就是我进藏之路。据说，在几十年前，在这近2000公里的路上，如果你按照川藏地区原住民的方式，依靠牦牛运输物质，步行进藏，一年只能往返一次，骑马也需要半年的时间。现在，我将会骑着自行车，沿着这条川藏公路，开始我的寻梦之旅。

骑行川藏线过程中，你会遇到雪山、原始森林、草原、冰川以及金沙江、澜沧江、怒江。这是旅行者的乐土，也可能需要穿行极其危险的地段，你需要仔细应对。

一路上，你会遇到一些向你“Say Hello”的小朋友。

一路上，你会遇到拉下车窗对你竖起大拇指的人。

一路上，你会遇到友善给予你零食饮料的驴友们。

一路上，你会遇到志同道合的驴友，骑行、徒步、穿越、攀登、越野、摩托。

一路上，你会遇到在宁静的村道上突然间蹿出的数条恶犬帮助你突破骑行速度纪录。

一路上，你会遇到大雪来袭时，拉你进屋子的火炉旁取暖，倒酥油茶给你喝的淳朴藏民。

一路上，你会遇到七八辆摩托车十七八人在垭口拦路抢劫。

一路上，你会遇到50多辆汽车兵团在你身边呼啸而过时在驾驶室中向你敬礼。

一路上，你会遇到徒步三步一大拜的朝圣者友善地招呼你与他们共用午餐。

一路上，你会遇到触目惊心的泥石流在你面前咆哮而过。

一路上，你会遇到每天都有惨不忍睹的车祸发生在你面前。

一路上，你会遇到……

在川藏线上，

你会看到连绵不绝的雪山，

你会看到清澈见底的湖水，

你会看到壮观无比的冰川，

你会看到原始淳朴的文化，

你会看到宗教信仰的力量，

你会看到丑陋厌恶的人性，

你会看到大自然的咆哮，

你会看到……

欧洲传奇的登山家乔治·赫伯特·雷·马洛里提到他为什么如此热爱旅行、登山时说：“因为山就在那里。”而对于我来说，西藏就在那里，雪山、冰川、湖水、布达拉宫就在那里，我会沿着川藏路前行，直到我的眼睛看到拉萨的阳光和群山。

现在，我将从大海边的城市出发，直到雪域的拉萨。

我准备好了。

行走间感悟，摄记那一份感动。

图书在版编目（CIP）数据

90后骑行侠单车去西藏 / 林伟裕著. —长沙 : 湖南文艺出版社, 2011.8
ISBN 978-7-5404-5050-2

Ⅰ. ①9… Ⅱ. ①林… Ⅲ. ①随笔—作品集—中国—当代
Ⅳ. ①I267.1

中国版本图书馆CIP数据核字(2011)第136769号

上架建议：时尚随笔

90后骑行侠单车去西藏

作　　者：林伟裕
出 版 人：刘清华
责任编辑：丁丽丹　刘诗哲
监　　制：一　草
特约编辑：戴克莎
营销编辑：包陈斌　布　狄
装帧设计：付　丽
封面设计：主　语
出版发行：湖南文艺出版社
（长沙市雨花区东二环一段508号　邮编：410014）
网　　址：www.hnwy.net
印　　刷：北京嘉业印刷厂
经　　销：新华书店
开　　本：880×1230　1/32
字　　数：200千字
印　　张：10.5
版　　次：2011年8月第1版
印　　次：2011年8月第1次印刷
书　　号：ISBN 978-7-5404-5050-2
定　　价：28.00元
（若有质量问题，请致电质量监督电话：010-84409925）